国际跳棋战术组合

64格俄罗斯规则

杨 永 常忠宪 张 坦 编著

人民体育出版社

前 言

2008 年 10 月继中国成功地举办第 29 届奥运会以后，北京迎来了又一个世界性的大型体育赛事——第一届世界智力运动会。

由国际奥委会和国际智力运动联盟倡导的世界智力运动会是全球性智力运动的综合性赛事，这不仅是体育界的一次创举，也是人类文化与智慧交流、促进和碰撞的一次盛会。智力运动是智慧与艺术的结合，也是文化交融的纽带，看似轻松的对垒却蕴含着无穷的变化和人类文化的精髓。在保持竞技体育精彩对抗的同时，智力运动使"体育"的涵义变得更加广阔、丰富和完整，为体育增添了无穷无尽的魅力。

第一届世界智力运动会设有桥牌、国际象棋、围棋、国际跳棋和象棋 5 个大项、36 个小项，共计产生 36 枚金牌。

桥牌、国际象棋、围棋和象棋是广大群众了解和喜爱的，拥有广泛的群众基础。其中的竞赛项目国际跳棋在中国却鲜为人知。在国际上，国际跳棋有着悠久的历史，和国际象棋一样，在全世界拥有广泛的群众基础，已经发展成为世界上非常流行的一种棋类竞技和娱乐活动。由于国际跳棋与国际象棋有着相似的地方，使它在行棋规则、竞赛制度和管理方面比较完善成熟。

《国际跳棋战术组合》内容主要是 64 格国际跳棋的基础知识和战术组合，通过基本技术的训练，使初学者了解 64 格国际跳棋的行棋规定和各种战术组合，不断地提高棋艺水平，正确步入国际跳棋殿堂。

64 格国际跳棋容易普及和推广，趣味性强，攻杀激烈，战术组合变化无穷，世界上拥有数亿计的爱好者。尤其是有国际象棋基础的爱好者，接触到国际跳棋以后，技术提高得很快。近年来在中国的北京、天津、吉林、上海、广东、山东、山西、湖北、湖南、四川、新疆以及深圳、青岛等地区逐渐普及开来。

在中国成功地举办首届世界智力运动会以后，2009 年 11 月在四川省又举办了第一届全国智力运动会。第一届全国智力运动会的一个显著特点是，它并非纯职业选手参加的比赛，同时也为广大的业余选手提供了表演的舞台，促进了国际跳棋项目在中国的快速发展。虽然我国多年来没有普及开展这个项目，但是，聪颖智慧的中国人一定会在很短的时间内赶上世界先进水平，跻身于国际跳棋项目世界先进水平的行列。

本书内容丰富，从基本技术入门，简单易行，例题数量多而充实，由浅入深。为了配合青少年学习，在 64 格国际跳棋攻杀练习中，分成初级、中级、高级三部分，使学习者循序渐进地提高技战术水平。希望本书能够起到普及 64 格国际跳棋知识进而推动我国 64 格国际跳棋运动发展的作用。

由于中国的国际跳棋项目刚刚起步，技术资料和技术人才奇缺，我们在参考了大量有关资料情况下编著了这本书。由于水平所限，有些方面还不够成熟，书中难免有不足之处，甚至存在很多缺点，诚望广大读者和国际跳棋界的老师们多多指正。在出书过程中，得到了海德新老师的大力支持和帮助，在这里特表示衷心的感谢。

编著者

2010 年 10 月

作 者 简 介

　　杨　永　蒙古回国华侨，酷爱国际跳棋并有很高的技术水平，年轻时曾两度获得蒙古国家大师级比赛冠军。20世纪70年代回到中国后，他倾尽心血致力于国际跳棋的推广普及工作，在基层单位和中、小学校开发了很多教学点，积极宣传国际跳棋。曾经培养了马天翔、常忠宪等教练以及一批有前途的小棋手。与张坦、常忠宪合作，2007年7月编写了首届国际跳棋教练员、裁判员培训教材，2008年5月编著出版了国际跳棋100格普及教材《怎样下国际跳棋》（上下册）。

　　常忠宪　北京市棋协委员，宣武区少年宫国际象棋教师。从事国际象棋教学工作近二十年，培养的学生多次在全国及市级比赛中获奖。1979年开始向杨永老师学习国际跳棋，1986年在北京市"星火杯"国际跳棋比赛中获第三名，2007年在首届全国国际跳棋选拔赛北方赛区比赛中获得第一名。与杨永、张坦合作，2007年7月编写了首届国际跳棋教练员、裁判员培训教材，2008年5月编著出版了国际跳棋100格普及教材《怎样下国际跳棋》（上下册）。

　　张　坦　中国国际跳棋协会副秘书长。在体育界从事管理工作二十多年。曾在北京棋院工作，任北京棋队领队，积极支持国际跳棋项目，结识了一批积极普及国际跳棋的代表人物，收集整理了部分宝贵资料。后调国家体委四司棋类办公室和国家体育总局棋牌运动管理中心分管国际跳棋项目。与杨永、常忠宪合作，2007年7月编写了首届国际跳棋教练员、裁判员培训教材，2008年5月编著出版了国际跳棋100格普及教材《怎样下国际跳棋》（上下册）。

目　录

目 录

巴西规则与俄罗斯规则的不同

1. 如下图所示，按巴西规则规定，只能走 e3×e7；按俄罗斯规则，走 e3×e7 或 e3×g5 均可以。

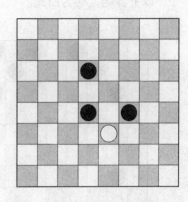

2. 如下图所示：按巴西规则规定，只能走 b6×f6（通过底线不能加冕成王棋）。按俄罗斯规则，可走 b6×f6 或 b6×g5 或 b6×h4，通过底线都加冕成王棋并以后按照王棋的走法行棋。

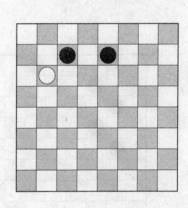

3. 如下图所示：按巴西规则，只能走 b6×d8（到 d8 加冕为王）。按俄罗斯规则，可走 b6×g5 或 b6×h4，通过底线加冕为王棋，继续按照王棋走法行棋。

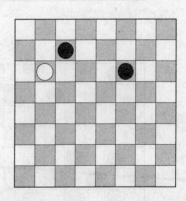

俄罗斯规则初级战术组合练习题

以下各题，均为白先。

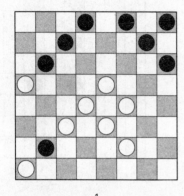

1

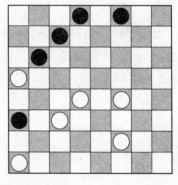

2

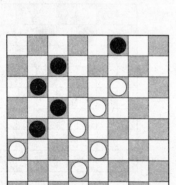

3

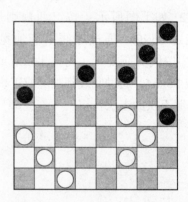

4

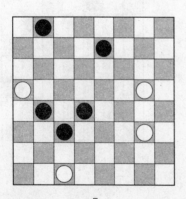

5

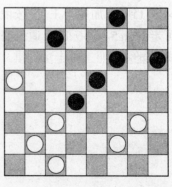

6

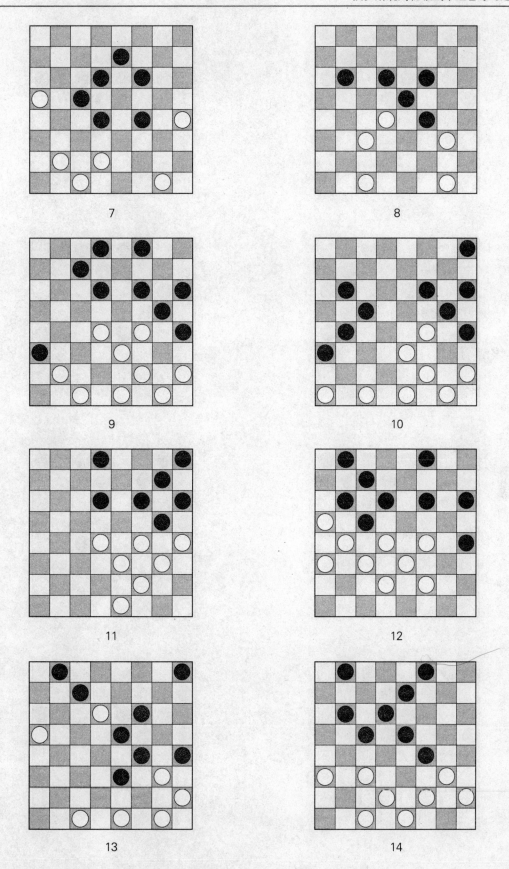

7

8

9

10

11

12

13

14

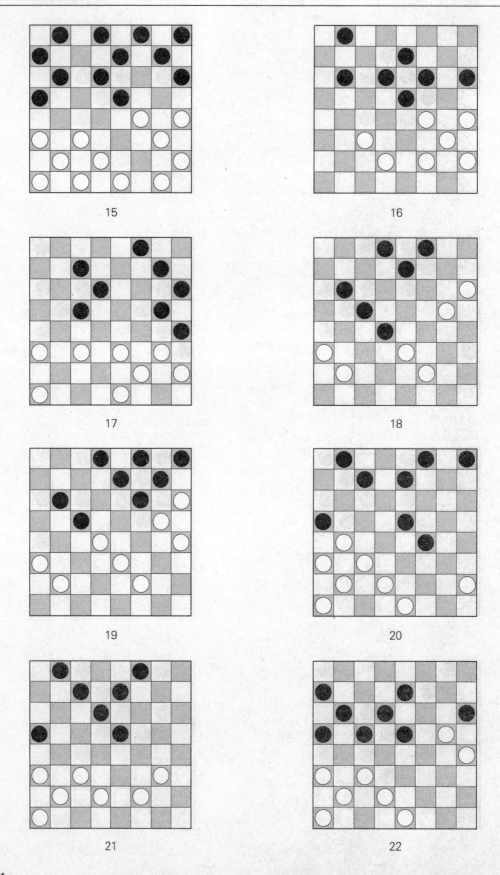

15

16

17

18

19

20

21

22

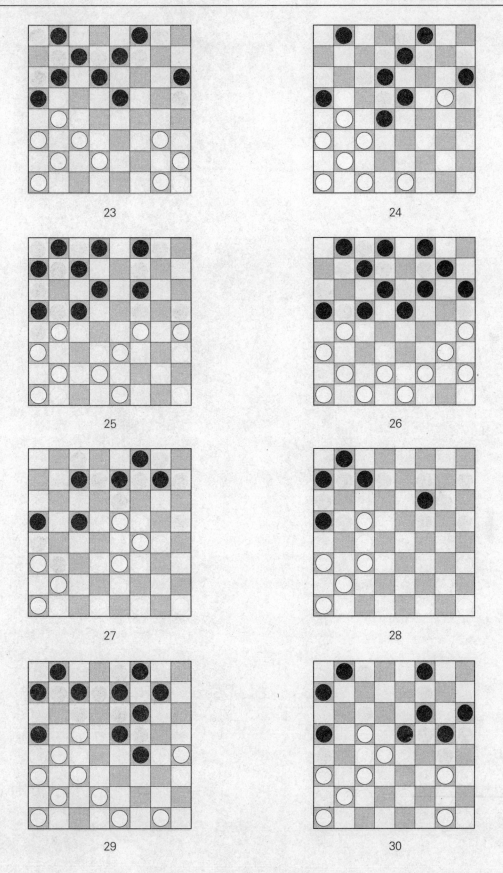

23

24

25

26

27

28

29

30

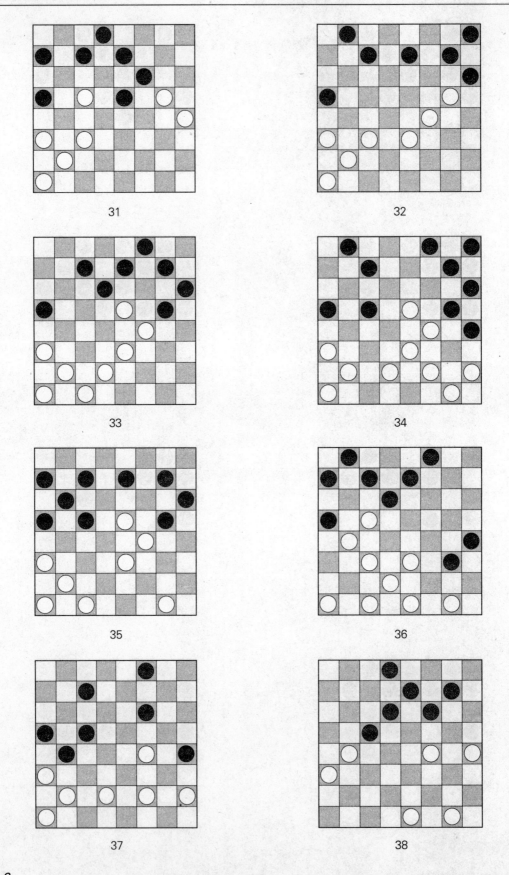

31

32

33

34

35

36

37

38

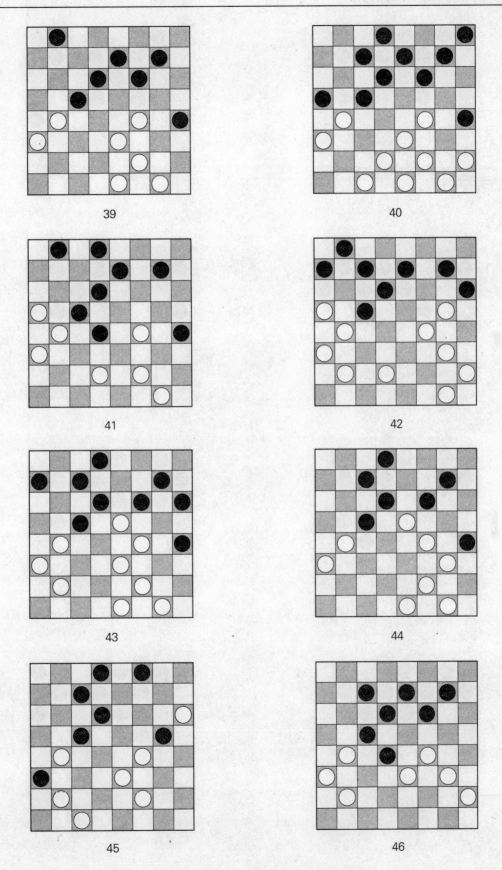

39

40

41

42

43

44

45

46

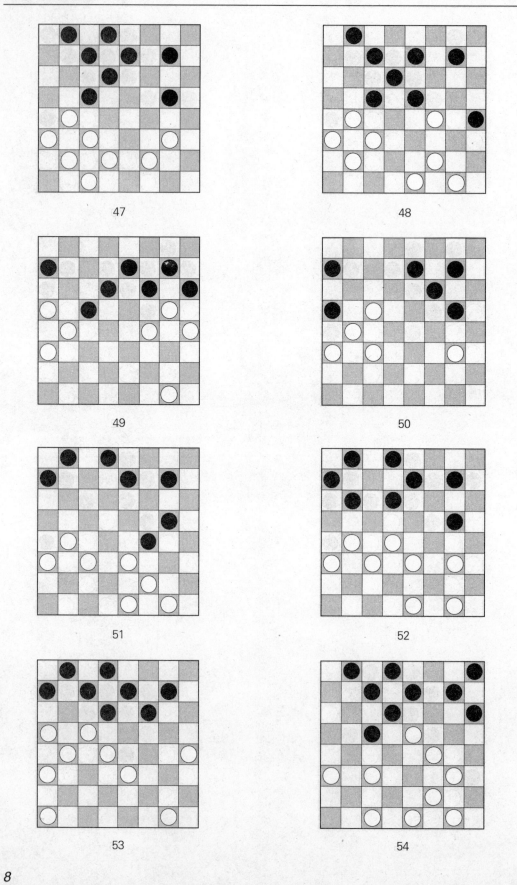

47

48

49

50

51

52

53

54

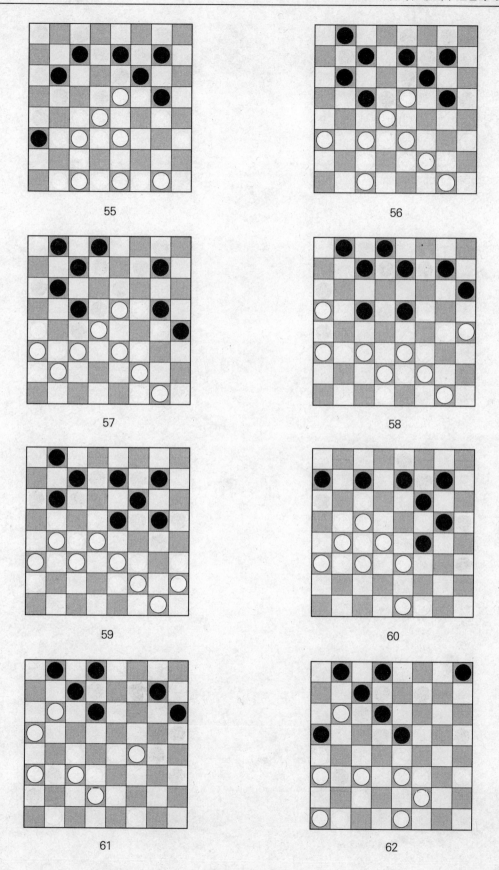

55

56

57

58

59

60

61

62

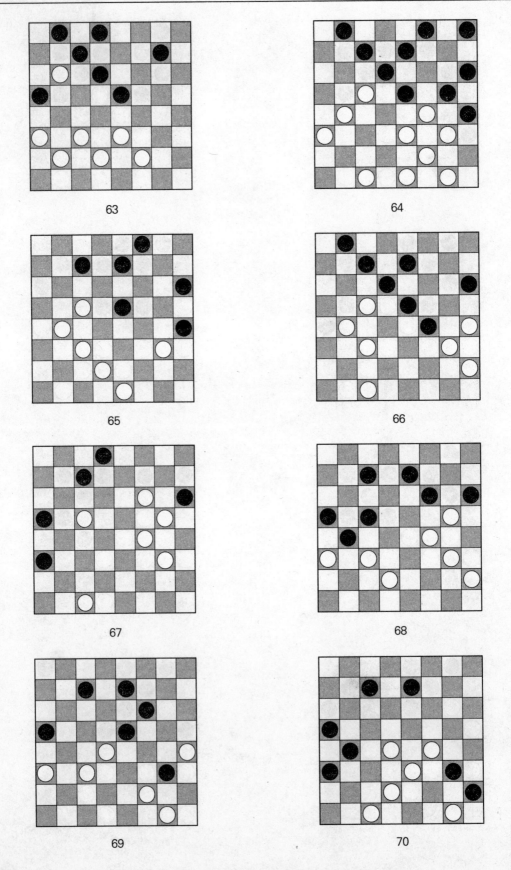

63

64

65

66

67

68

69

70

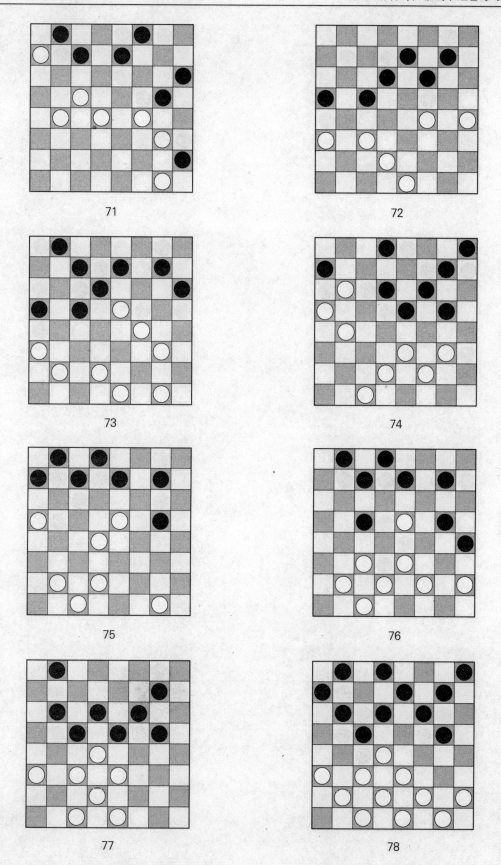

71

72

73

74

75

76

77

78

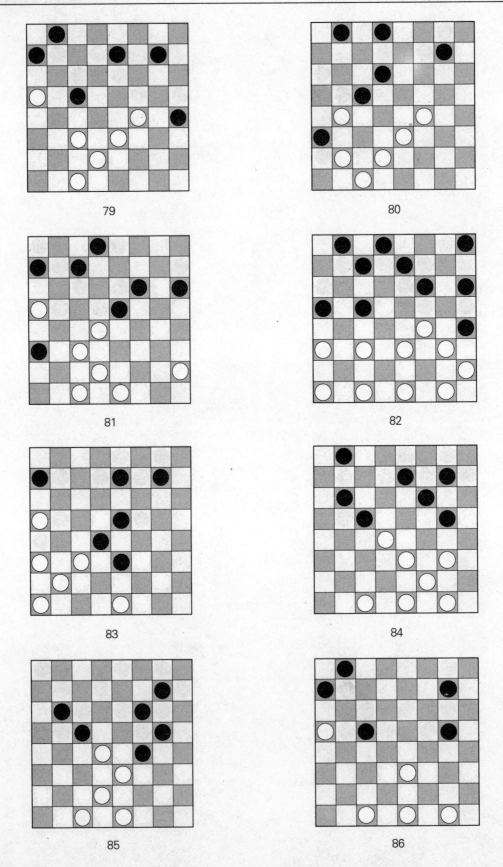

79

80

81

82

83

84

85

86

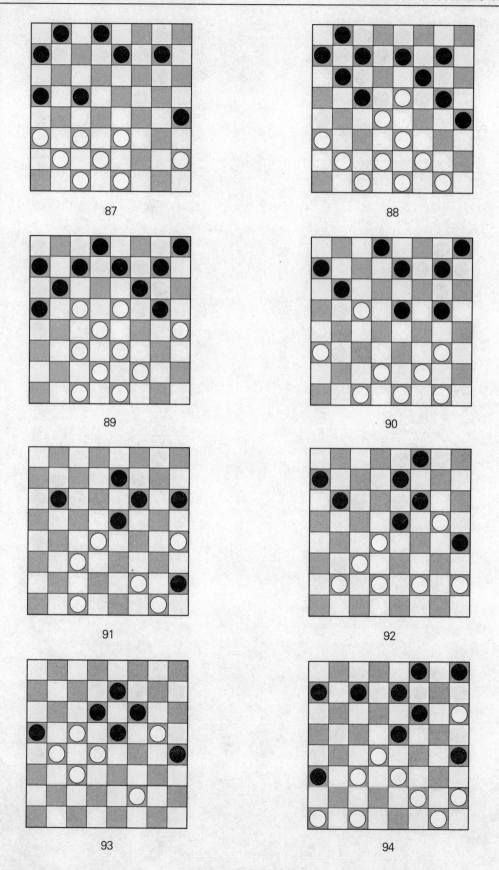

87

88

89

90

91

92

93

94

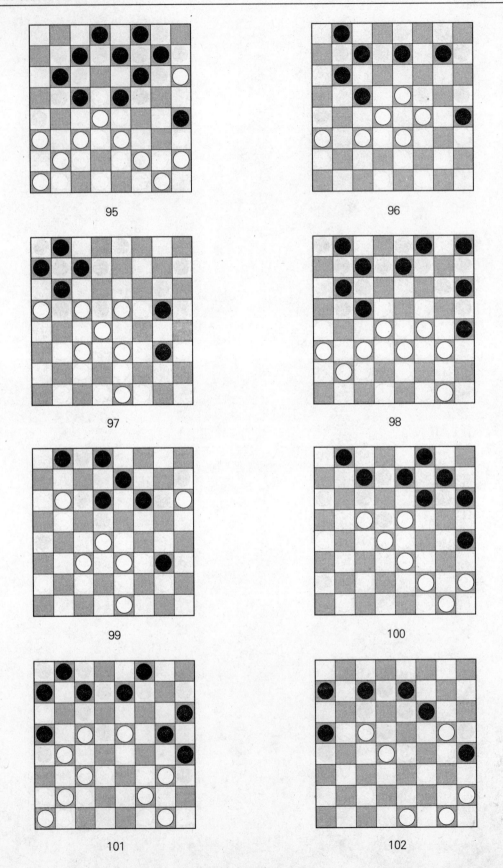

95

96

97

98

99

100

101

102

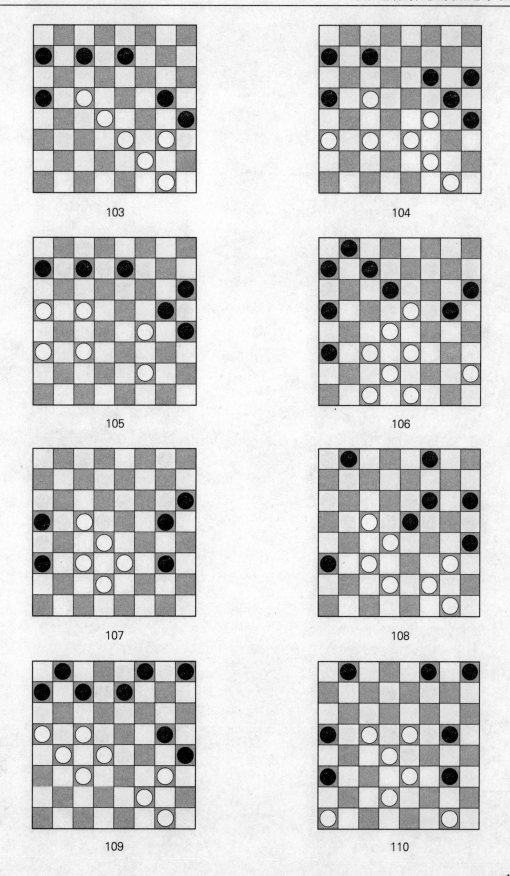

103

104

105

106

107

108

109

110

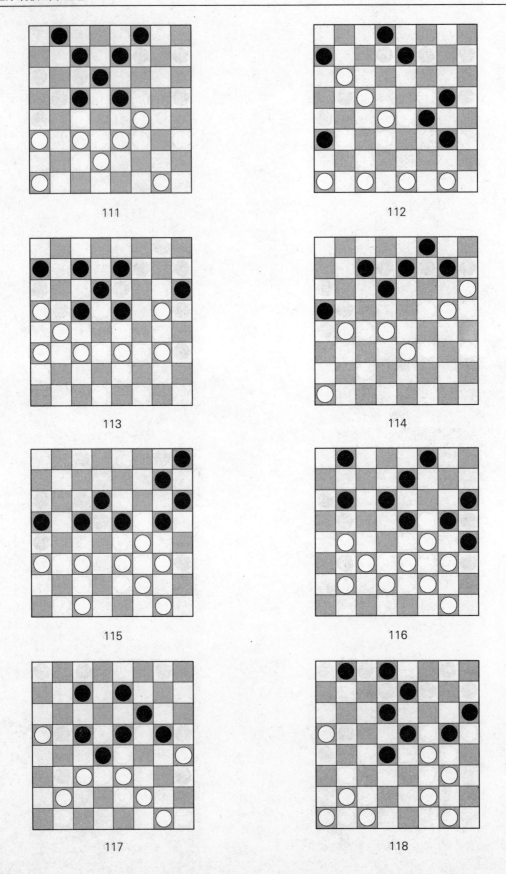

111

112

113

114

115

116

117

118

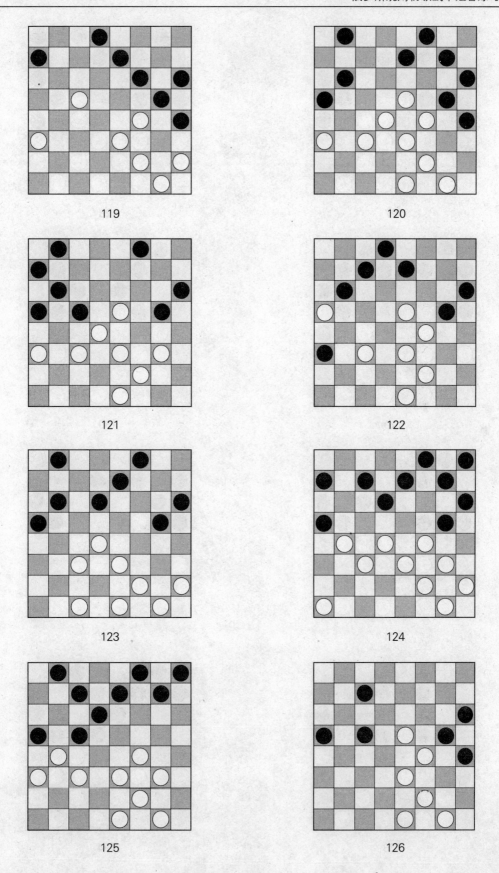

119

120

121

122

123

124

125

126

127

128

129

130

131

132

133

134

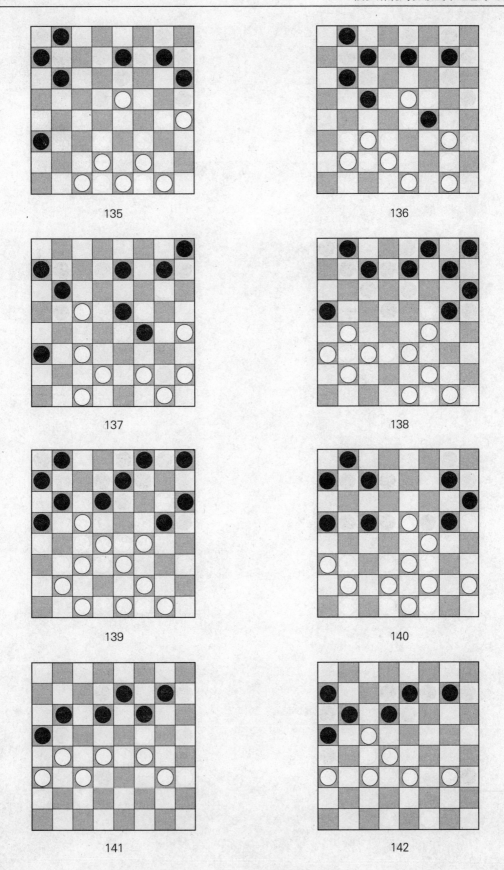

135

136

137

138

139

140

141

142

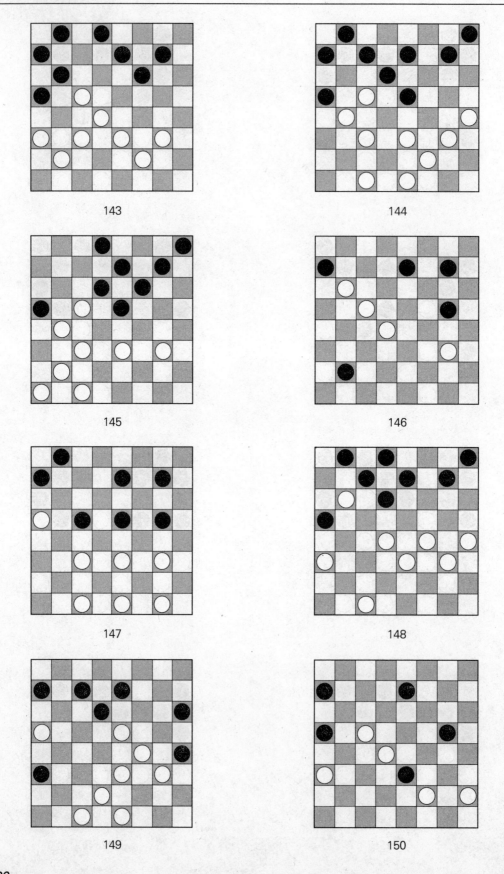

143

144

145

146

147

148

149

150

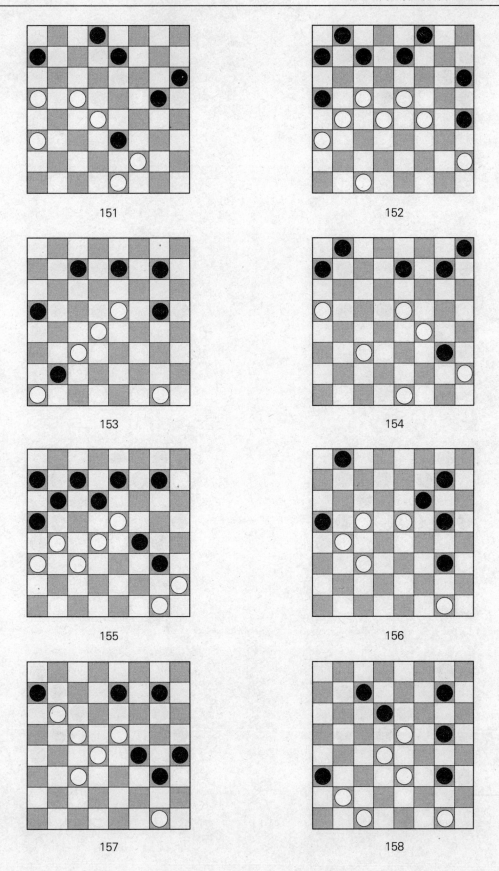

151

152

153

154

155

156

157

158

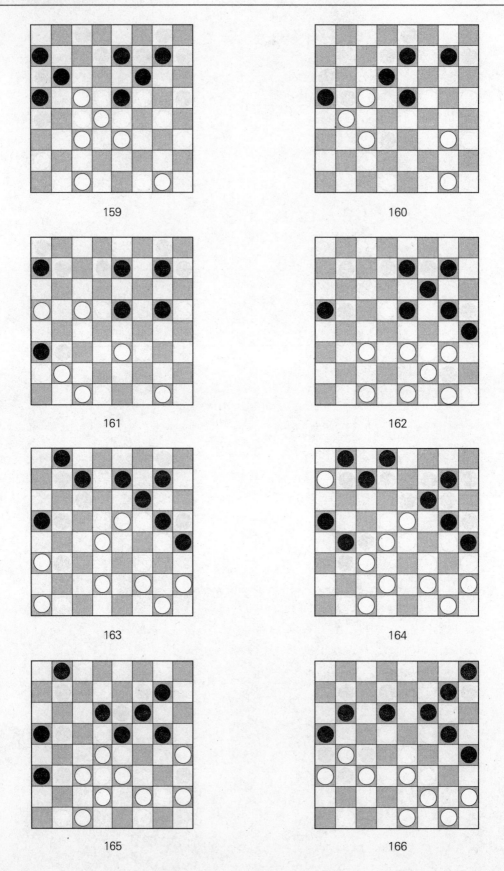

159

160

161

162

163

164

165

166

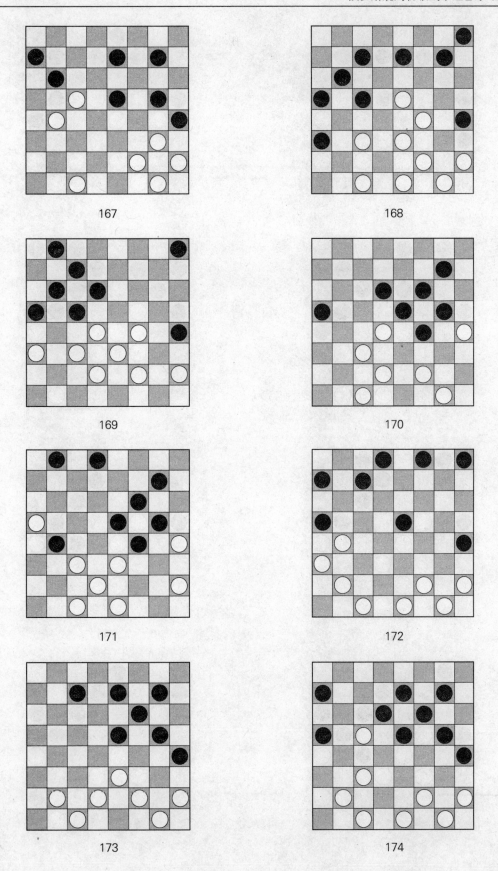

167

168

169

170

171

172

173

174

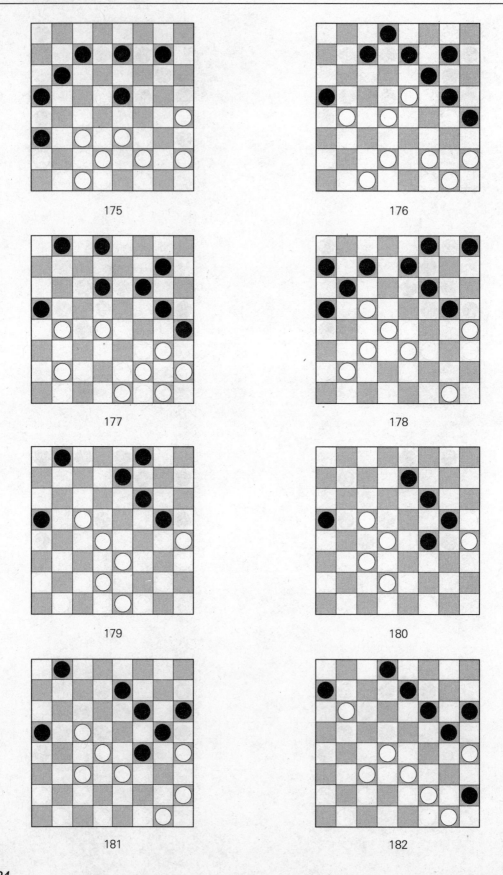

175

176

177

178

179

180

181

182

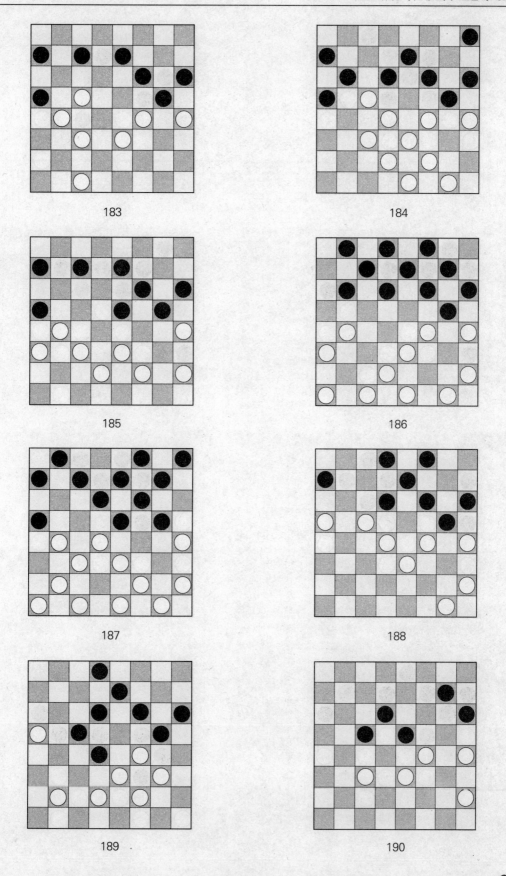

183

184

185

186

187

188

189

190

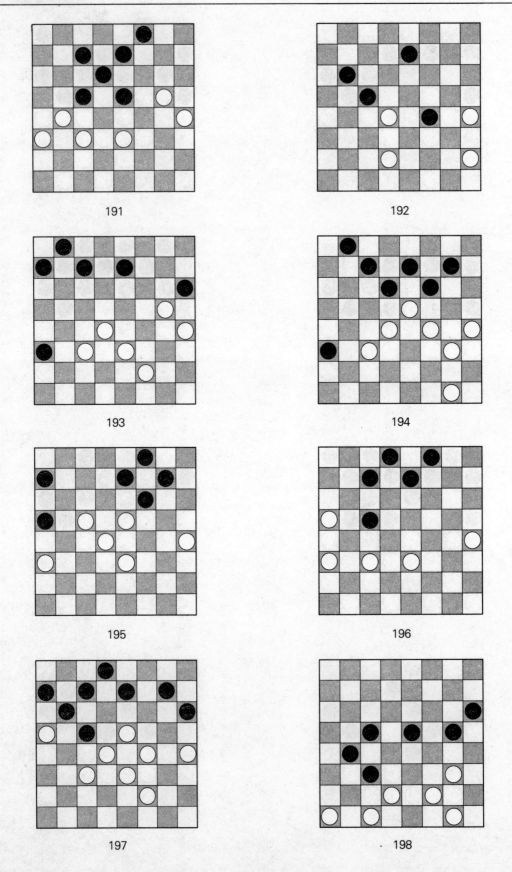

191

192

193

194

195

196

197

198

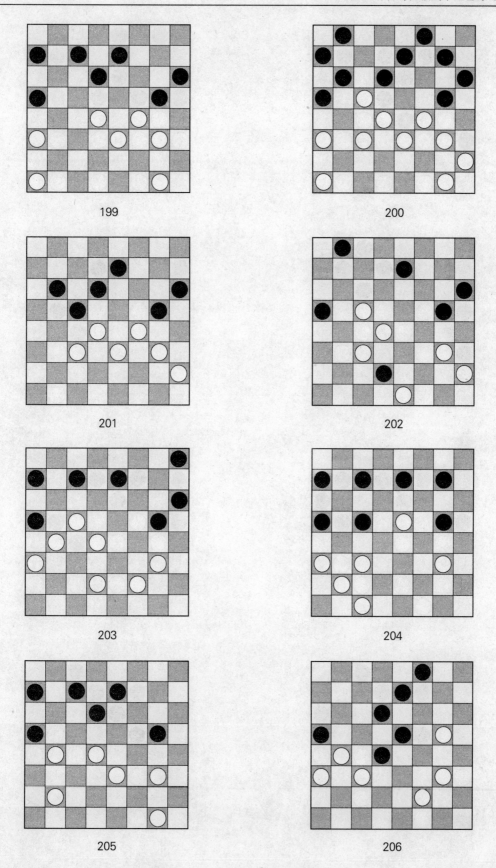

199

200

201

202

203

204

205

206

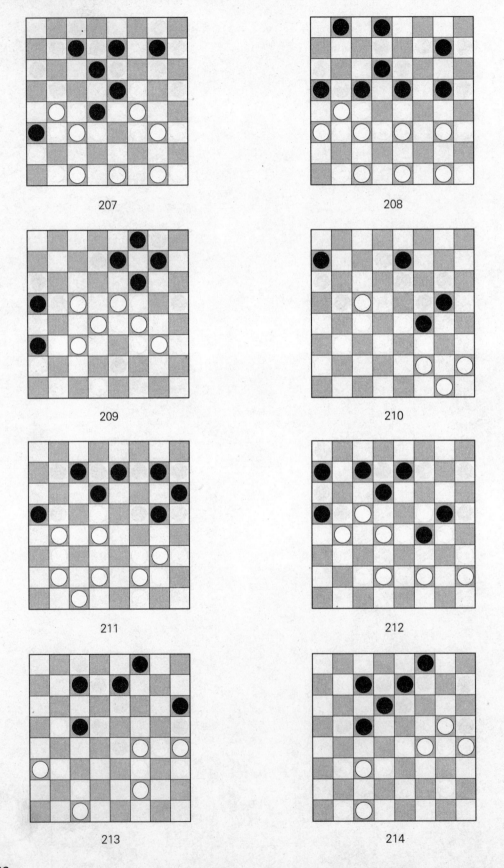

207

208

209

210

211

212

213

214

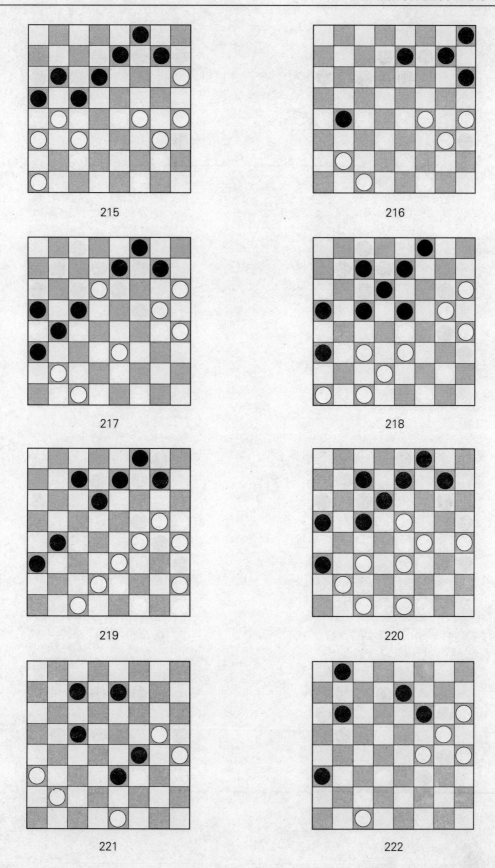

215

216

217

218

219

220

221

222

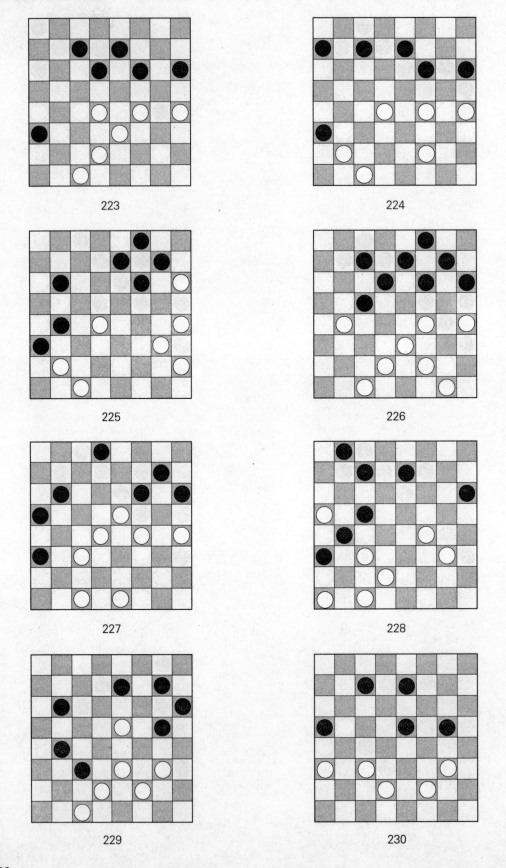

223

224

225

226

227

228

229

230

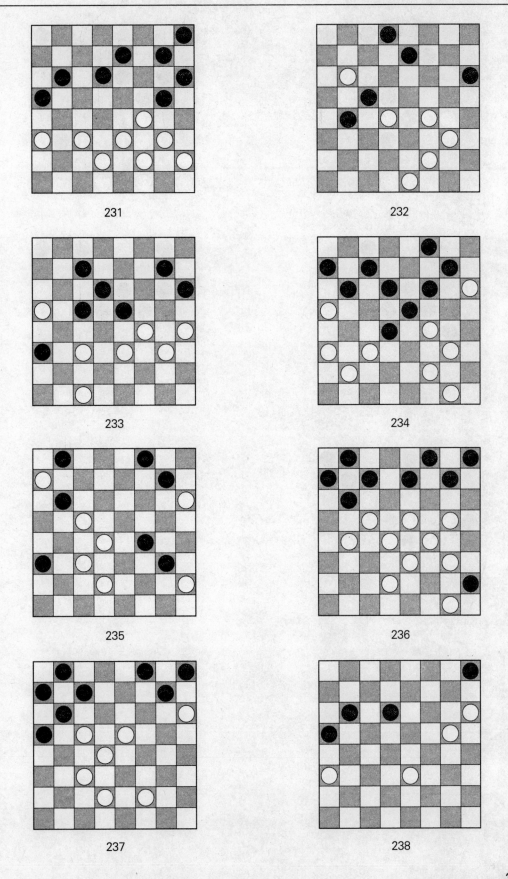

231

232

233

234

235

236

237

238

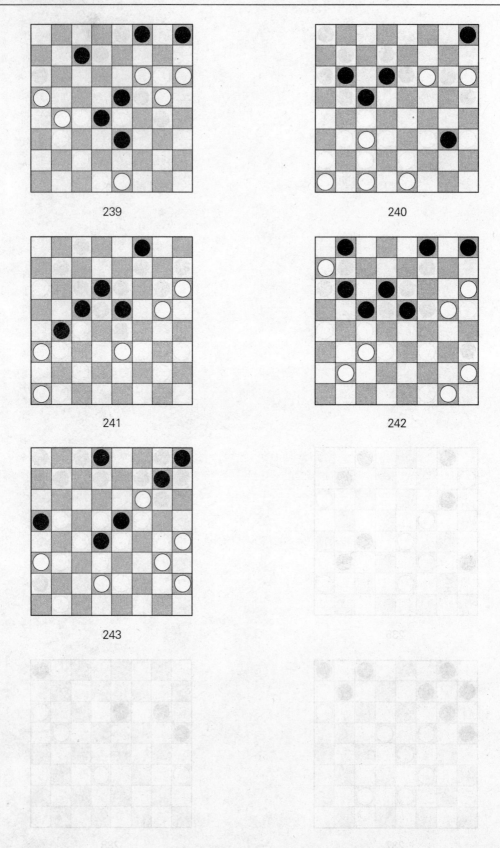

239

240

241

242

243

俄罗斯规则初级战术组合练习题答案

1：1. ed6! cxb4　　2. axc7 dxb6　　3. axc7+

2：1. de5! ab2　　2. ed6! cxb4　　3. axc7 dxb6　　4. axc7+

3：1. fg7! fxh6　　2. ef6 cd6　　3. ef4! cxc1　　4. axe7

4：1. fg5 fe5　　2. bc3! （2. gh6? dc5　3. hxb4 axa1+）hxf6
　　3. gf4 exb4　　4. axg5

5：1. cd2! cxf6　　2. axg7+

6：1. gf4 exb4　　2. axg7+

7：1. gf2! fg3 （1. ··· fe5　2. de3 fxd2　3. cxe3 ef6　4. ab6 cxa7
　　5. exg5+）　2. dc3! gxb4　　3. axc7+

8：1. cb4! fxh2 （1. ··· exa5　2. gxg7+）2. ba5 exc3 3. axg7+

9：1. fe5! dxd2　　2. cxe3 axf4　　3. fg3 hxf2　　4. exg7+

10：1. fe5! fxd4　　2. cb2 axf4　　3. fg3 hxf2　　4. exc7+

11：1. de5 fxd4　　2. hxf6! gxe5　　3. exe7 dxf6　　4. fxd6+

12：1. fe5 dxf4　　2. bxd6! cxe5　　3. axc7 （3. exe7 fxd6　4. axc7）bxd6
　　4. exc5+

13：1. ab6! cxa5　　2. ef2 exc7　　3. fxd4 hxf2　　4. gxe7+

14：1. ab4! cxa3　　2. cd4 exc3　　3. dxb4 axc5　　4. gxa5+

15：1. fg5! hxf4　　2. cd4 exc3　　3. dxb4 axc3　　4. gxa5+

16：1. cd4! exe1　　2. fg5 hxf4　　3. gxg7 exg3　　4. hxf4+

17：1. cd4! cb6　　2. ab4 cxa3　　3. ab2 axf4　　4. gxa5+

18：1. ab4! cxf4　　2. gxa7+

19：1. de5! fxd4　　2. ab4 cxf4　　3. gxa7+

20：1. de3! fxd2　　2. bc5 dxd6　　3. ab4 axc3　　4. bxa5+

21：1. ed4! exe1　　2. gf4 exe5　　3. ab4 axc3　　4. bxa5+

22：1. cb4! hxf4　　2. hg5 fxh6　　3. de3 axc3　　4. bxa5+

23：1. bc5! bxd4 （1. ··· dxb4　2. axa7+）
　　2. de3 dxh4　　3. cb4 axc3　　4. bxa5+

24：1. cd2! hxf4　　2. bc5 dxb6 （2. ··· dxb4　3. axg5+）
　　3. cb4 axc3　　4. bxa5+

25：1. fg5 axc3　　2. gxe7! dxf6　　3. bxg5+

26：1. hg5! hxf4 （1. ··· fxh4　2. de3 axc3　3. bxh8+）
　　2. fe3 axc3　　3. exe7 dxf6　　4. bxg5+

27：1. ed4! cxg5　　2. ef6 gxe5　　3. ab4 axc3　　4. bxb6+

28：1. cb6! axc5　　2. cb4 axc3　　3. bxh4+

29：1. cb6! axc5　　2. bxd6 exc5　　3. cb4 axc3　　4. bxe3+

30：1. cd6! exc7　　2. gf4 gxc5　　3. cb4 axc3　　4. bxh4+

31：1. cd6! exc5　　2. gxe7 dxf6　　3. cb4 axc3　　4. bxg5+

32：1. gf6! exg5　　2. ed4 gxc5　　3. cb4 axc3　　4. bxd8+

33：1. ed4! gxc5　　2. dc3 dxf4　　3. cb4 axc3　　4. bxe3+

34：1. fg3! hxf6　　2. dc3 gxe3　　3. cb4 axc3　　4. bxc1+

35：1. ed6! cxg3　　2. ed4 cxe3　　3. ab4 axc3　　4. bxa5+

36：1. cd4! axe5　　2. cb2 dxb4　　3. ef2 gxc3　　4. bxa5+

37：1. fg5! fe5　　　2. hg3! hxf6　　3. gf4 exc3　　4. bxh4+

38：1. hg5 fxh4　　　2. fe5 dxf4　　3. bxc1+

39：1. fg3! hxd4　　　2. fe5 dxf4　　3. bxd2+

40：1. fg3! hxd4　　　2. fe5 axc3　　3. dxb4 dxf4　　4. bxd2+

41：1. fg3! hxf2　　　2. gxe3 dxf2　　3. fe5 dxf4　　4. bxg1+

42：1. fe5! hxf4　(1. … dxf4　2. bxf8+)

　　　2. de3 fxd2　　3. bc3 fxd6　　4. bxc1+

43：1. fg5! fxd4　(1. … hxd2　2. exc3 fxd4　3. cxe5 dxf4　4. bxb8+;

　　　1. … dxd2　2. bxb8 hxf6　3. exc3+)

　　　2. ef4 hxf6　　3. fe5 dxf4　　4. bxb8+

44：1. fg5! fxd4　　2. gf4 hxf4　　3. fe5 dxf4　　4. bxb8+

45：1. hg7! fxh6　　2. fe5 dxd2　　3. cxe3! axf4　　4. bxb8

46：1. gh4! dxf2　　2. hg5 fxh4　　3. fe5 dxf4　　4. bxg1+

47：1. gf4! gxg1　　2. de3 gxd4　　3. cxe5 dxf4　　4. bxd2+

48：1. fe3! exg3　　2. cd4 cb6　　3. de5 dxd2　　4. bxc1+

49：1. fe5! fxd4　　2. ab6 hxf4　　3. bc7 dxb8　　4. bxd2+

50：1. cb6! axc7　(1. … axc5　2. bxc1+)

　　　2. gf4 gxe3　　3. cd4 exc5　　4. bxh6+

51：1. fg3! fxd2　(1. … fxh2　2. ef4 gxe3　3. cd4 exc5　4. bxh6+)

　　　2. gf4 gxe3　　3. cd4 exc5　　4. bxc1+

52：1. de5! dxd2　(1. … dxh2　2. ef4 gxe3　3. cd4 exc5　4. bxh6+)

　　　2. gf4 gxe3　　3. cd4 exc5　　4. bxc1+

53：1. hg5! fxh4　　2. de5 dxd2　　3. cb6 axc5　　4. bxc1+

54：1. fg5! hxh2　　2. cb4 dxf4　　3. bxd2+

55：1. ef4! gxc5　　2. cb4 fxd4　　3. bxh6+

56：1. ab4! cxa3　　2. ef4 gxc5　　3. cb4 fxd4　　4. bxh6+

57：1. ef4! gxe3　　2. ed6! cxe7　　3. cb4 exc5　　4. bxh6+

58：1. ef4! exe1　　2. hg5 hxf4　　3. cb4 exc3　　4. bxb4+

59：1. ef4! exe1　　2. gf2! exh4　　3. hg3 hxc5　　4. bxe3+

60：1. cd6! cxe5　（1. … exc5　2. bxb8 fxb4　3. axc5+）

　　2. dc5 fxd2　　3. cb6 axc5　　4. bxb8 dxb4　　5. axc5+

61：1. fg5! hxf4　　2. de3 fxb4　　3. axe7 dxf6　　4. bxh4+

62：1. ed4! ef4　　2. fe3 fxb4　　3. axe7 dxf6　　4. bxh4+

63：1. ef4! exe1　　2. de3 exb4　　3. axe7 dxf6　　4. bxh4+

64：1. ed4 exa5　（1. … gxe3　2. dxa5+）2. cb6 gxe3　　3. bxd2+

65：1. cd4! exa5　　2. cb6 hxf2　　3. bxg5! hxf4　　4. exe5

66：1. hg5! fe3　　2. cd4! exa5　　3. cb6 hxf4　　4. bxh4+

67：1. cb2 axc1　　2. fe7! dxf2　　3. cb6 cxg5　　4. bxe1+

68：1. cd4! cxc1　（1. … fxf2　2. dxe1+）

　　2. axc5 fxf2　　3. cb6 cxg5　　4. bxe1+

69：1. hg5! gxb4　　2. axc5 exc3　　3. cb6 fxh4　　4. bxa1+

70：1. dc3! bxd2　（1. … gxe5　2. dxb6 bxf4　3. bf2+）

　　2. dc5 gxe5　　3. cb6 dxf4　　4. bxe3+

71：1. gf2! gxg1　　2. ba5 hxf4　　3. cb6 gxc5　　4. bxb6+

72：1. hg5! fxh4　　2. fe5 dxf4　　3. cb4 axc3　　4. dxe3+

73：1. fg5! hxh2　（1. … dxh2　2. bc3）

　　2. bc3 dxf4　　3. cb4 axc3　　4. dxc1+

74：1. gf4! exc3　　2. bxd2 axc5　　3. ed4 cxe3　　4. dxa3+

75：1. ab6! cxa5　（1. … axe3　2. dxa3+）2. ed6 exe3　　3. dxf8+

76：1. fg3! hxf6　　2. cd4 cxe3　　3. dxc5+

77：1. cb4! exa5　　2. ed4 cxe3　　3. dxa7+

78：1. de5! dxf4　（1. … fxd4　2. cxa5+）

　　2. hg3 fxh2　　3. ed4 cxe3　　4. dxb4+

79：1. ed4! cxg5　　2. ab6 axc5　　3. cd4 cxe3　　4. dxd6+

80：1. ed41 cxg5　　2. bc3 axc5　　3. cd4 cxe3　　4. dxa3+

81：1. cb4! exc3　（1. … axe3　2. dxb8）　2. hg3 axc5　　3. dxb8+

82：1. cb4! axc3　（1. … hxd4　2. bxf8+）　2. cd2 hxd4　　3. dxf8+

83：1. ab6! axc5　　2. ab4! cxc1　　3. ed2 dxb2　　4. dxh6+

84：1. e14! gxe3　（1. … cxe3　2. fxa7+）

　　2. gf4 exg5　　3. ed2 cxe3　　4. dxa7+

85：1. dc3! fxb4　　2. ed2 cxe3　　3. dxa3+

86：1. ab6! cb4　　2. ed2 axc5　　3. ed4 cxe3　　4. dxa3+

87：1. cb4! axa1　　2. hg3 hxd4　　3. cb2 axc3　　4. dxh6+

88：1. ed6! cxa1　　2. fg3 hxd4　　3. cb2 axc3　　4. dxc1+

89：1. ef4! gxg1　　2. ed6 cxe5　　3. ef2 gxe3　　4. dxh6+

90：1. gh2! bxd4　　2. gf4 gxg1　(2. … exg3　3. hxe3+)
　　　3. ef2 gxe3　　4. dxh6+

91：1. fg3! hxf4　　2. hg5 fxh4　　3. dxa5+

92：1. fg3 hxf2　　2. de3 fxh4　　3. dxa5 fxd2　　4. cxe5+

93：1. cb6! axc7　　2. fg3 hxf2　　3. ba5 fxh4　　4. dxg1+

94：1. cb2! axf4　(1. … axg5　2. hxb8+)
　　　2. fg3 hxf2　　3. gxg5 fxh4　　4. dxa5+

95：1. ab4! cxf4　(1. … axg5　2. hxb8+)
　　　2. fg3 hxf2　　3. gxg5 fxh4　　4. dxh8+

96：1. ed6! cxg3　　2. ab4 cxa3　　3. ef4 gxe5　　4. dxa5+

97：1. ed6 cxe5　　2. axc7! bxf4　　3. dxf2 ab6　　4. ed2+

98：1. fe5! hxf2　　2. ed6 cxe5　　3. dxa5 fxd4　　4. cxe5+

99：1. cb6! dxb6　　2. hg7 fxh8　　3. ef4 gxe5　　4. dxa5+

100：1. fg3! hxf2　　2. cd6 exc5　　3. dxe1+

101：1. cd4! axc3　　2. fe3 hxf2　　3. cd6 exc5　　4. dxa5+

102：1. hg3 hxf2　　2. gxe3 fxh4　　3. cb6 axc5　　4. dxf6+

103：1. ef4! gxe3　　2. cb6 exc5　　3. dxd2+

104：1. ed4! gxe3　　2. fg3! hxf2　　3. cb6 axc5　(3. … exc5　4. bxe1+)
　　　4. dxe1+

105：1. fg3! hxf2　(1. … gxe3　2. cd4)　　　　　2. cd4 gxe3
　　　3. cb6 axc5　(3. … exc　4. bxe1+)　4. dxe1+

106：1. cb4 dxf4　2.dc3 fxd2　3.cxe3 axc5　4.dxh4+

107：1. cb6! axc7　　2. cb4 axc5　　3. dxe1+

108：1. fe3! hxf2　　2. cd6 exc7　　3. cd4 axc5　　4. dxe1+

109：1. fe3! hxf2　　2. cb6 axa3　　3. cb4 axc5　　4. dxe1+

110：1. cb6! axc7　　2. ef6! gxe7　　3. dc3!

111：1. ab4! cxa3　(1. … exg3　2. cd4 cxa3　3. dc3+)　　2. ed4! exg3
　　　3.de3! +

112：1. bc7! dxb6　　2. cb2 axcl　　3. ed2 cxe3　　4. dxa5+

113：1. gf4! exg3　　2. cd4 hxd2　　3. dxc3+

114：1. dc51 axc3　　2. gf6 gxe5　(2. … dxb4　3. fxa5+; 2. … exg5　3. cxe7 fxd6
　　　4. hxd2+)　　3. ed4 dxb4　　4. dxa5+

115：1. ed4! gxe3　(1. … cxe3　2. fxh4+)　2. dxf6 gxe5　3. fxf6+

116：1. ed4! gxe3　　2. fxa5 hxf2　　3. gxe3+

117：1. ef4! gxe3　(1. … exb4　2. axg7+)　2. hg5 fxh4　3. ba3 dxb2　4. fxa1+

118：1. ab6! gxe3　　2. bc7 dxb6　　3. bc3 dxb2　　4. fxa5+

119：1. ed4! g×e3   2. ed6 e7×c5 (2. … e3×c5   3. d×f8+)
　　　3. d×b6 a×c5   4. f×b6+
120：1. ef6! g×g3   2. cb4 a×e5   3. ef4 g×e3   4. f×a5+
121：1. ed6! c×e7   2. cb4 a×e5   3. gf4 e×g3   4. f×a5+
122：1. cb4! a×c5   2. ed6 c×g3   3. a×c7 d×b6   4. f×a5+
123：1. cb4! a×e5   2. ef4 g×e3   3. f×a5+
124：1. fe5! d×d2   2. c×e1 a×e5   3. gf4 e×g3 (g×e3)   4. f×a5+
125：1. ed4! c×g5   2. cd4 a×e5   3. gf4 e×g3 (g×e3)   4. f×a5+
126：1. fg3! h×f6   2. ef2 g×e3   3. f×h4+
127：1. fg3 h×d4   2. ef2 g×e3   3. bc3 d×b2 4.f×a1+
128：1. fg3! h×b2   2. ef2 g×e3   3. f×a1+
129：1. cb6! a×c5   2. fe3! h×b2   3. ef2 g×e3 4.f×a1+
130：1. gf4! g×a3 (1. … c×e3   2. f×f2+)
　　　2. cd4 c×e3   3. ef2 a×c5   4. f×g5+
131：1. ed4 c×e3 (1. … g×e3   2. d×h4+)
　　　2. cd4 e×c5   3. e12 g×e3   4. f×h4+
132：1. ab4 a×g3   2. gf2 b×d4   3. f×a5 d×f2   4. e×g3+
133：1. hg5! h×f4   2. cd2 a×e3   3. f×d4+
134：1. gh4! g×c1 (1. … e×g3   2. h×a5+)
　　　2. hg5 h×f4   3.ed2 c×e3   4. f×a5+
135：1. ef6! g×e5   2. hg5 h×f4   3. cd2 a×e3   4. f×a5+
136：1. ed6! c×e5   2. cb4! ce3   3. ef2 f×h2   4. f×a5+
137：1. cb4! b×d4   2. bc5 d×b6   3. cb2 a×e3   4. f×a5+
138：1. cd4! a×a1 (1. … a×g3   2. f×a5+) 2. gh2 a×g3 3. f×a5+
139：1. cb4! a×a1 (1. … a×g3   2. f×a5+)
　　　2. gh2 d×b4   3.cd2 a×g3   4. f×c3+
140：1. ed6! c×e7 (1. … c×g3   2. f×h8+)
　　　2. ab4 a×a1   3. dc3 a×g3   4. f×a5+
141：1. bc5! d×d2   2. ab4 a×e5   3. f×c1+
142：1. ef4! d×d2   2. ab4 a×e5   3. f×c1+
143：1. cb4! a×a1 (1.… a×e5   2. ef4 b×d4   3. f×h6+)
　　　2. ef4 a×e5   3. f×h6+
144：1. gf4! e×g3   2. cd4 a×e5   3. ef4 d×b4   4. f×h6 gh2
　　　5. fg3 h×f4   6. h×d8+
145：1. cd4! e×c3 (1. … a×c3   2. ef4 d×b4   3. f×h6) 2. b×d4 a×e5
　　　3. ef4 d×b4   4. f×h6+
146：1. cd6! e×e3 (1. … a×e3   2. d×a3+) 2. gf4 a×c5 3. f×f4+

147：1. ed4! cxe3　　2. ab6 axc5　　　3. cd4! exc3　　4. gf4+

148：1. ab4! axe5　　2. hg5 cxa5　　　3. gf6 exg5　　4. fxa3+

149：1. ab6! axc5　　2. ed4! cxg5　　　3. ef6 hxf2　　4. fxg1+

150：1. ab4! exg1　　2. de5! axc3　　　3. ef6 gxb6　　4. fxh6+

151：1. de5! exg1　　2. ef6 gxb6　　　3. axc7 dxb6　　4. fxa5+

152：1. cb6! axg5　　2. hg3! axc3　　　3. ef6 hxf2　　4. fxf6+

153：1. cb4! axc3　　2. ef6 cxe5　(2. ⋯ gxe5　3. dxh6+)　3. axc3! +

154：1. ab6! axc5　　2. cd4 cxg5　　　3. hxa3+

155：1. ef6! exg5　　2. bc5 dxd2　　　3. de5 fxd6　　4. hxe1+

156：1. cd6! fxb2　　2. dc7 axc3　　　3. gh2 bxd6　　4. hxc1+

157：1. ef6! exg5　　2. de5 fxd2　　　3. gh2 axc5　　4. hxe1+

158：1. gh2! dxd2　　2. cxe3 axf4　　　3. de5 fxd6　　4. hxc5+

159：1. ef4! exg3　　2. cb4 axe5　　　3. gh2 bxd4　　4. hxh6+

160：1. gf4! exg3　　2. cd4 axe5　　　3. gh2 dxb4　　4. hxh6+

161：1. cd2! axc1　　2. ef4 exg3　(2. ⋯ cxb6　3. fxe3 bxf2　4. gxe3
　　　2. ⋯ gxe3　3. dxh6+)　　　3. gh2 cxb6　　4. hxd6!

162：1. gf4! exg3　　2. cb4! axc3　　　3. ed4 cxe5　　4. gh2+

163：1. dc5! fxb6　　2. ab4 axg3　　　3. hxa7+

164：1. ed6! cxe5　　2. dc5 bxd6　　　3. cb4 axg3　　4. hxa3+

165：1. cb4! axc5　　2. dxb6 axc7　　　3. ed4 exg3　　4. hxa3+

166：1. cd4! axe5　　2. ed4 exc3　　　3. ed2 cxg3　　4. hxa7+

167：1. gf4! exa5　　2. gf2 bxd4　　　3. cd2 axg3　　4. hxf2+

168：1. cb4! axc3　　2. ed2 cxg3　　　3. ed4 cxg5　　4. hxa7+

169：1. de5! hg7　　2. cb4! ag3　　　3. ed4 cxg5　　4. hxa7+

170：1. de3! fxb4　　2. gh2 exc3　　　3. cd2 cxg3　　4. hxa3+

171：1. cd4! exc3　　2. ef2 cxg3　　　3. axc3 fxb4　　4. hxa3+

172：1. ed2! axa1　(1. ⋯ axg3　2. hxb8+)　2. cb2 axg3　3. hxb8+

173：1. ed4! exa1　(1. ⋯ exg3　2. hxb8+)　2. cb2 axg3　3. hxb8+

174：1. cb4! axa1　　2. ed2 dxb4　　　3. cb2 axg3　　4. hxa5+

175：1. cb2! axc1　　2. cb4 axg3　　　3. hxh6 cxf4　　4. hxa7+

176：1. dc5! axd6　(1. ⋯ fxb6　2. de3 axc3　3. ed2 cxg3　4. hxb8+)
　　　2. cd2 dxg3　　3. hxb8+

177：1. fe3! hxf2　　2. exg3 axa1　(2. ⋯ axe5　3. gf4 exg3　4. hxa3+)
　　　3. gf4 axg3　　4. hxa3+

178：1. de5! bxf2　(1. ⋯ fxf2　2. gxe3)　2. gxe3 fxf2　3. hxg1+

179：1. cb6! axc7　　2. de5 fxf2　　　3. hxg1+

180：1. cb6! axc7　　2. de3 fxb4　　　3. de5 fxd4　　4. hxh8+

181：1. cb6! axc7　2. gf2 fxb4　　3. de5 fxd4　　4. hxh8+

182：1. bc7! dxb6　2. fg3 hxb4　　3. de5 fxd4　　4. hxh8+

183：1. cb6! axa3　2. cb4 axc3（2. … axc5　3. fe5 fxf2　4. hxg1+）
　　　3. fe5 fxf2　　4. hxh4+

184：1. cb4! axg3　2. ed4 dxb4　　3. de5 fxd4　　4. hxh2+

185：1. cd4! exg3（1. … axg3　2. hxb8+）
　　　2. hxf4 axc3　3. fe5 fxf2　　4. hxh4+

186：1. fe5! dxf4（1. … fxf2　2. hxh8+）
　　　2. bc5 bxf2　3. exe5 fxd4　　4. hxh8+

187：1. bc5! dxf4　2. fg3 exc3　　3. gxe5 fxd4　　4. hxf2+

188：1. ab6! dxb4　2. bc7 dxb6　　3. de5 fxf2　　4. hxh4+

189：1. dc3! fe5　2. gh4! exb4　　3. axc7 dxb6　　4. hxa5+

190：1. ed4! exg3（1. … cxg5　2. hxh8+）
　　　2. hxf4 cxg5　3. hxh8+

191：1. gf6! exg7　2. cd4 cb6　　3. ef4 cxg5　　4. hxa5+

192：1. de3! fxd2　2. hg3 cxe3　　3. gf4 exg5　　4. hxe1+

193：1. cb4! hxd2（1. … axc5　2. dxf6 hxd2　3. fe3 dxf4　4. fg5 fxh6
　　　5. fd8+）　　2. fg3 axe3　　3. gf4 exg5　　4. hxe1+

194：1. cb4! axg5　2. gh2 dxf4（2. … fxd4　3. hxe3+）
　　　3. gxe5 fxd4　4. hxe3+

195：1. ef4! ab4　2. cb6 axg5　　3. axc5 fxb6　　4. hxa5+

196：1. cd4! cb6　2. axc7 dxb6　　3. ef4 cxg5　　4. hxa5+

197：1. ed6! cxb4　2. axc7 dxb6　　3. ef4 cxg5　　4. hxh8+

198：1. gh2! cxe1　2. gh4 exg3　　3. hxd6 cxe7　　4. hxd8+

199：1. ab4 axe5　2. gh4 exg3　　3. hxa5+

200：1. cb4! axe5　2. gh4 bxf2（2. … dxb4　3. hxh8+；2. … exg3　3. hxa5+）
　　　3. hxd8 exg3　4. gxe3+

201：1. fe5! dxb4　2. gh4 ce3　　3. hxf4+

202：1. cb6! axc7（1. … dxb4　2. gh4 axc7　3. hxd2+）
　　　2. gh4 dxb4　3. hxd2+

203：1. de5! axe1　2. gh4 exb4　　3. hxe1+

204：1. cb4! axa1　2. gh4 axf6　　3. cb2 fxa1　　4. hxh8+

205：1. dc5! axa1　2. gh4 dxb4　　3. hxc3! axf2　　4. gxe3+

206：1. gf6 exg5（1. … exg7　2. cxc7 cxc3　3. fe3；1. … dxb2　2. fxd8 axc3
　　　3. axc1+）　　2. gh4 dxb2　　3. axc1 axc3　　4. hxb2+

207：1. fg5! dxb2　2. gf6! exg5　　3. gh4 axc5　　4. hxh8+

208：1. ed4! cxe3　2. cd4 exc5　　3. gh4 axc3　　4. hxh8+

209：1. cb6! axc7   2. cb4 axg5   3. gh4 fxd4   4. hxg1+

210：1. fg3 fe3   2. gf2 exg1   3. gh4 gxb6   4. hxa5+

211：1. dc5! axe1 (1. ⋯ axa1 2. gh4 dxb4 3. hxh8+)

　　　2. cd2 exa1 (2. ⋯ dxb4 3. dc3 bxd2 4. gh4+)

　　　3. gh4 dxb4   4. hxh8+

212：1. de3 axe5 (1. ⋯ fxd2 2. hg3 axe5 3. gh4 dxb4 4. hxe1+)

　　　2. fg3 dxb4 (2. ⋯ fxd2 3. gh4)

　　　3. gh4 fxd2   4. hxe1+

213：1. ab4! cxa3   2. cb2 axg5   3. hxb6+

214：1. cb4! cxa3   2. cb2 axc1   3. gh6 cxg5   4. hxb6+

215：1. cd4! axe5   2. ab4 cxa3   3. cb2 axg5   4. hxh8+

216：1. cd2! ba3 (1. ⋯ ed6 2. ba3 dc5 3. hg5+)

　　　2. dc3 axg5   3. hxd8+

217：1. gf6! gxc7   2. cd2 axc1   3. ef4 cxg5   4. hxd4+

218：1. gf6! exg7   2. cb2 axc1   3. e14 cxg5   4. hxh8+

219：1. fe5! dxh6   2. cd2 axc1   3. ef4 cxg5   4. hxh8+

220：1. cd2! axc1   2. fg5 dxh6   3. ef4 cxg5   4. hxh8+

221：1. ab4! cxc1 (1. ⋯ fxh6 2.bxb8+)

　　　2. ed2 fxh6   3. dxf4 cxg5   4. hxa5+

222：1. hg7! fxh8   2. cb2 axc1   3. gh6 cxg5   4. hxa5+

223：1. cb2! axc1   2. de5 fxf2   3. dc3 cxg5   4. hxg1+

224：1. de5! fxd4   2. fe3 dxf2   3. cd2 axg5   4. hxg1+

225：1. de5! fxd4   2. cd2 cxe3 (2. ⋯ cxf4 3. gxc7+)

　　　3. gf4 exg5   4. hxh8+

226：1. fe5! cxa3 (1. ⋯ fxd4 2. ef4) 2. ef4 fxd4   3. cb2 axg5   4. hxe3+

227：1. cb2! axg5   2. cb4 axc3   3. dxb2 fxd4   4. hxh8+

228：1. cb2! axg5   2. gh4 bxd2   3. hxc1+

229：1. cb2! cxa1 (1. ⋯ cxe1 2. ef6! gxe5 3. gh4 exg3 4. hxh4+)

　　　2. gh4 axf6   3. ed4 fxg3   4. hxh4+

230：1. cd4! exe1   2. ab4 axc3   3. gh4 exg3   4. hxh4+

231：1. cb4! axe1   2. fe5 dxd2   3. gh4 exg3   4. hxh4+

232：1. bc7! cxg1 (1. ⋯ cxg5 2. gh4 dxb6 3. hxd2+; 1. ⋯ dxb6 2. gh4)

　　　2. gh4 dxb6   3. ef2 gxg5   4. hxd2+

233：1. cd4! exc3   2. ed4 cxe5 (2. ⋯ cxg5 3. hxh8 ab2 4. cxa3 cd2

　　　5. hc3! dxb4 6. axe7+)   3. cb2 axg5   4. hxd8+

234：1. fg5! fxh4   2. gf4 exb4   3. axe7 fxd6   4. hxf2+

235：1. de3! fxd6   2. axe7 fxd6   3. hxb4! axe3   4. hxd2+

236：1. gf6！e×g5　　2. f×h6 h×d6　　3. c×e7 fd6　　4. h×c5+

237：1. cb4！a×d6　　2. c×e7 f×d6　　3. h×b4+

238：1. ab4！a×c3　　2. ed4 c×e5　　3. gf6 e×g7　　4. h×a7+

239：1. fe7！f×d6　　2. ab6！c×c3　　3. gf6 e×g7　　4. h×g5+

240：1. cb4！c×a3　　2. ef2 g×e1　　3. cd2 e×g7　　4. h×a7+

241：1. gf6！e×g7　　2. ed4 c×e3　　3. a×e7 f×d6　　4. h×g1+

242：1. gf6！e×g7　　2. cd4 c×e3　　3. a×e7 f×d6　　4. h×f2+

243：1. ab4！a×e1　　2. hg5 e×h4　　3. gh6 h×e7　　4. h×e3+

俄罗斯规则中级战术组合练习题

以下各题，均为白先。

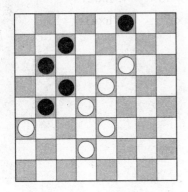

1

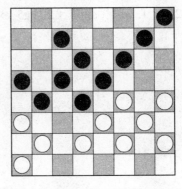

2

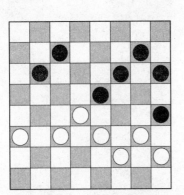

3

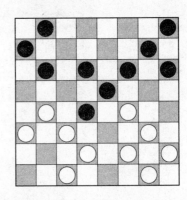

4

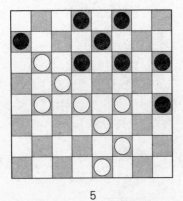

5

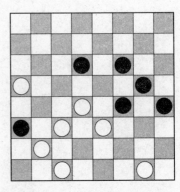

6

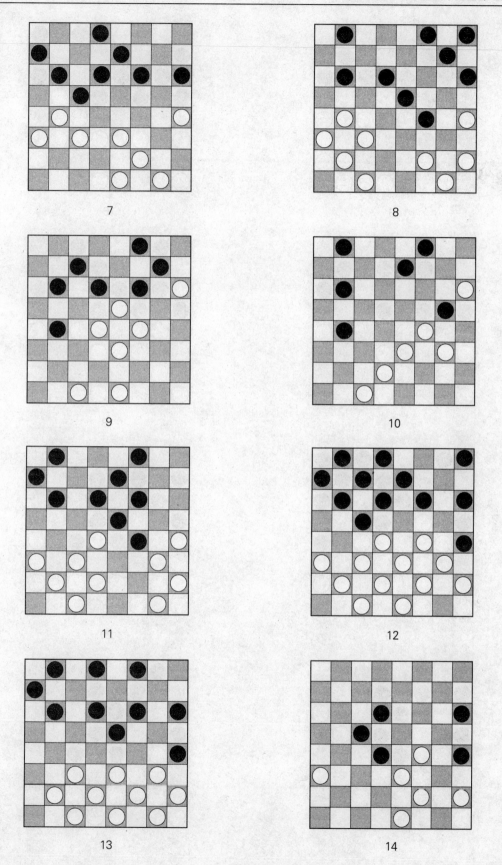

7

8

9

10

11

12

13

14

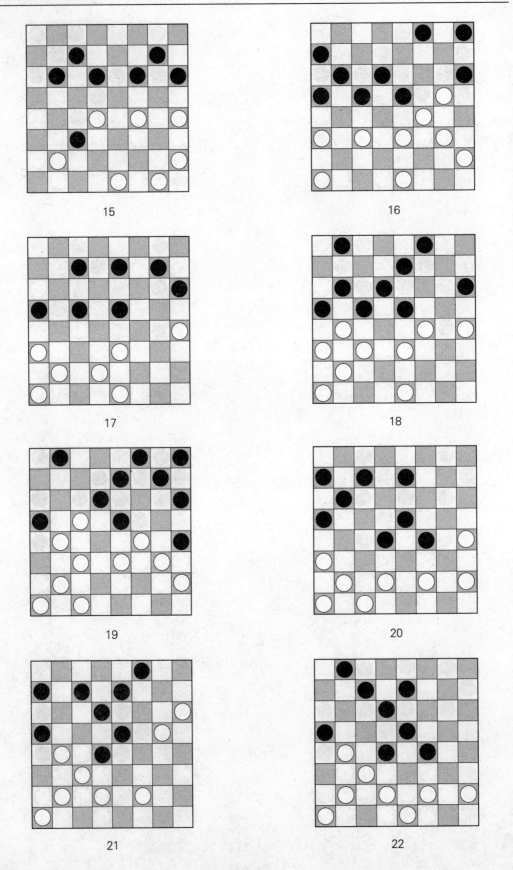

15

16

17

18

19

20

21

22

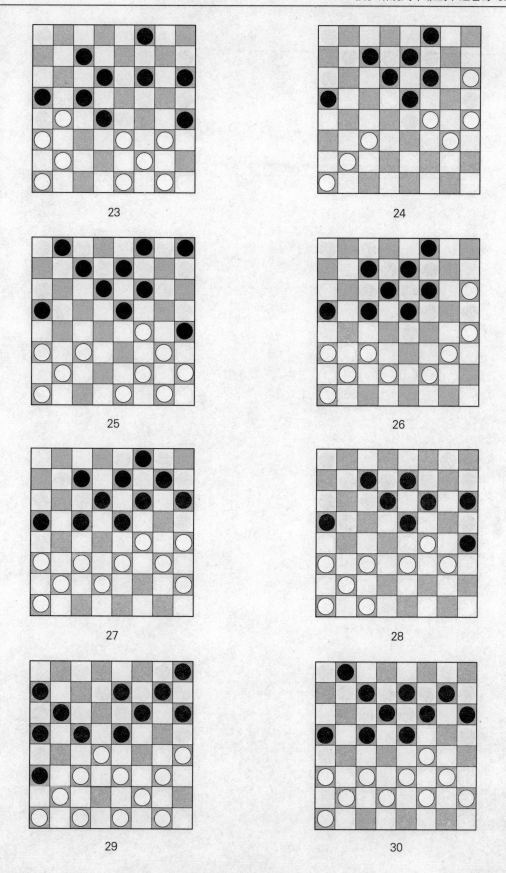

23

24

25

26

27

28

29

30

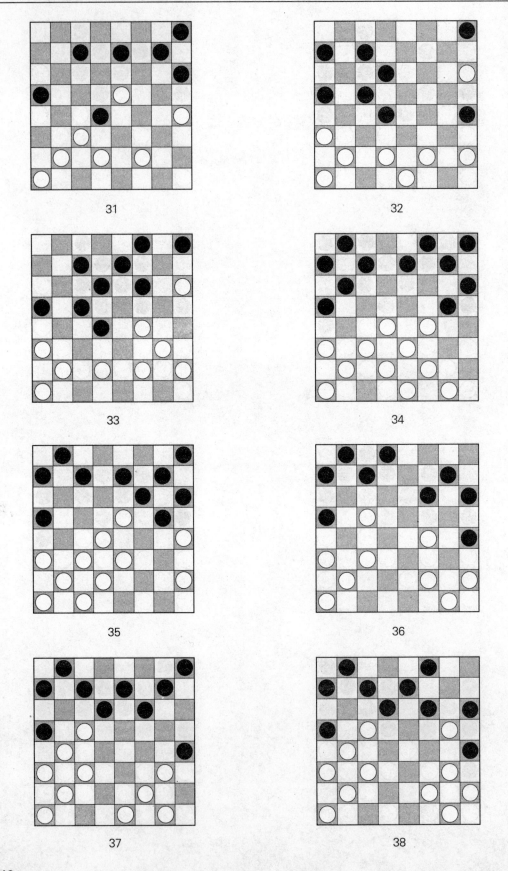

31

32

33

34

35

36

37

38

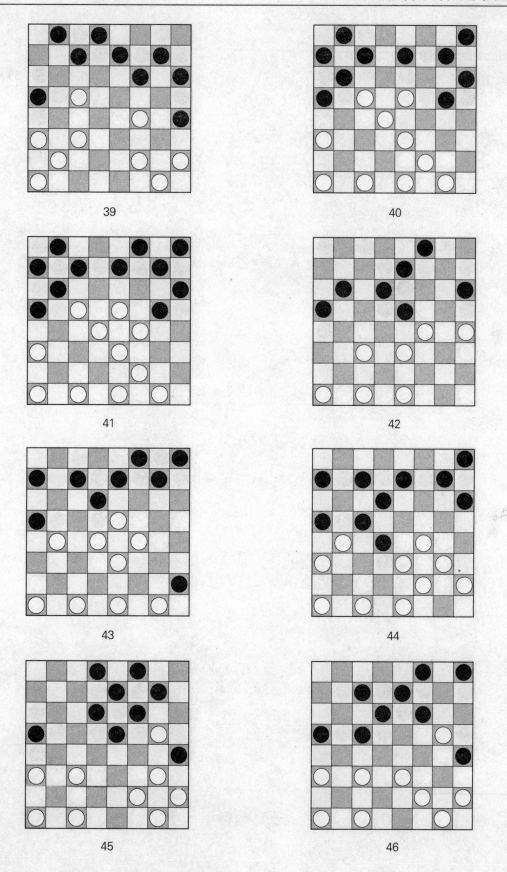

39

40

41

42

43

44

45

46

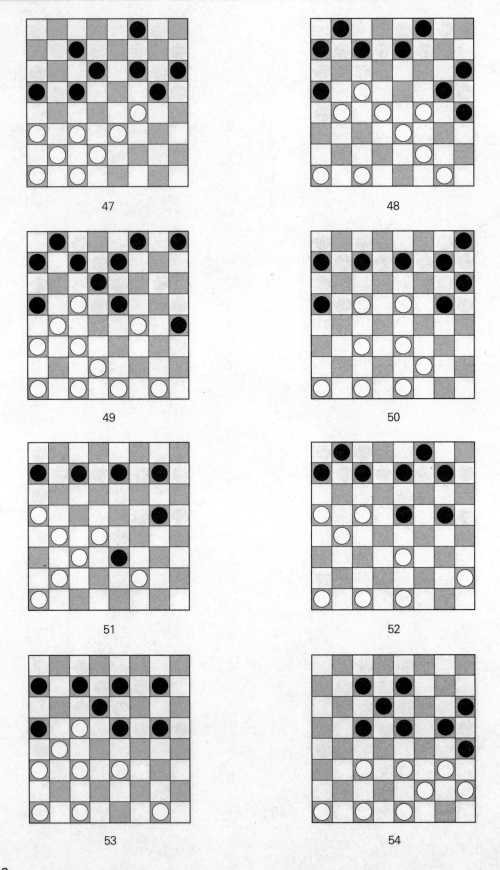

47

48

49

50

51

52

53

54

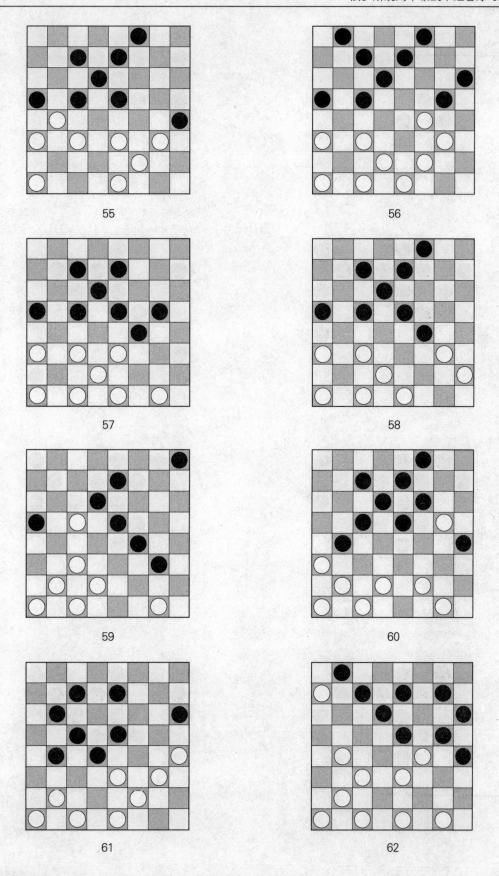

55

56

57

58

59

60

61

62

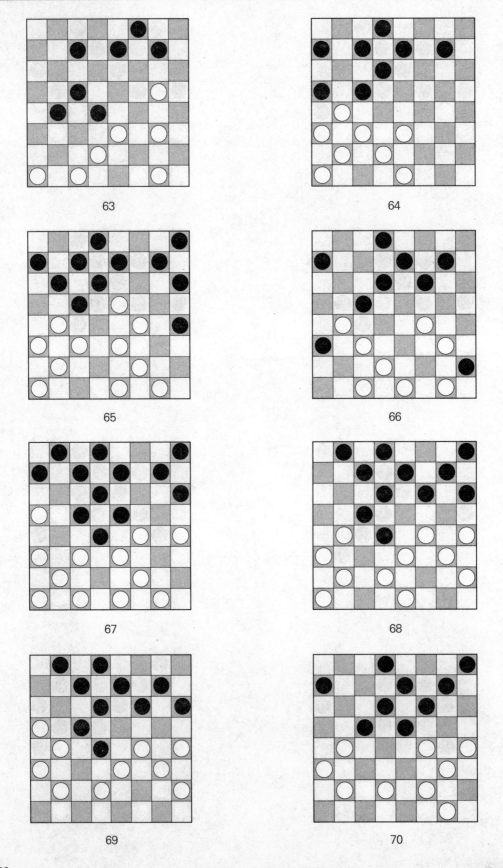

63

64

65

66

67

68

69

70

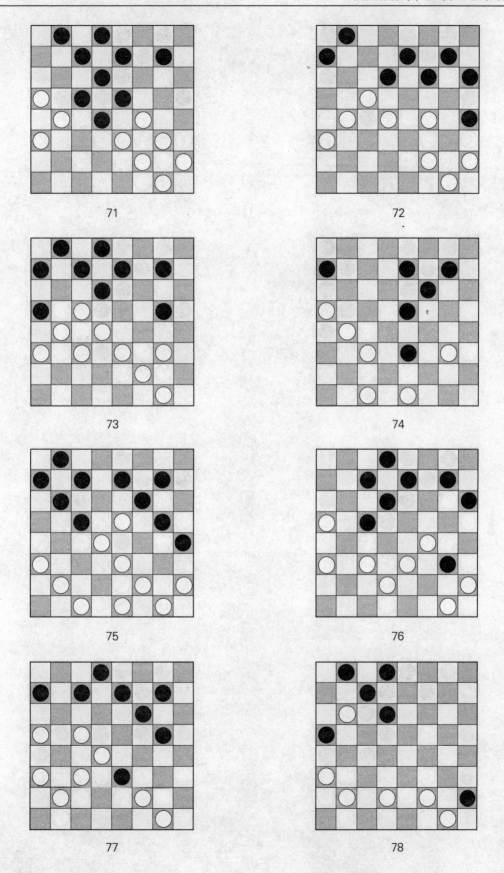

71

72

73

74

75

76

77

78

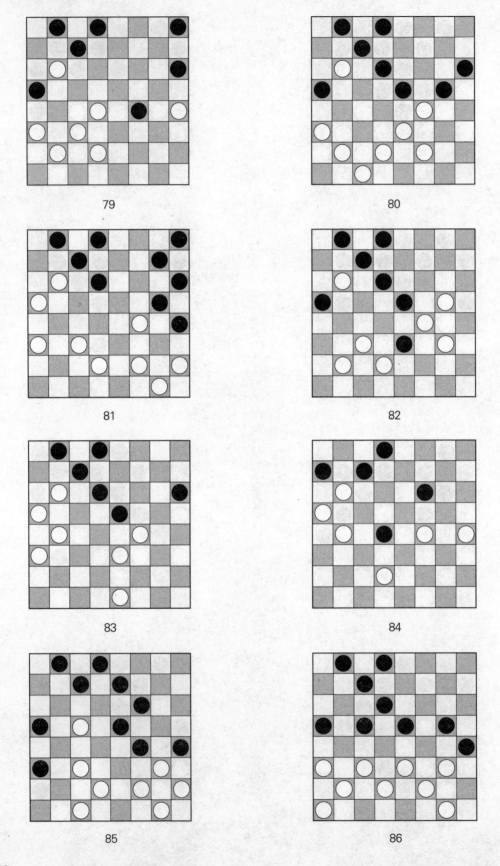

79

80

81

82

83

84

85

86

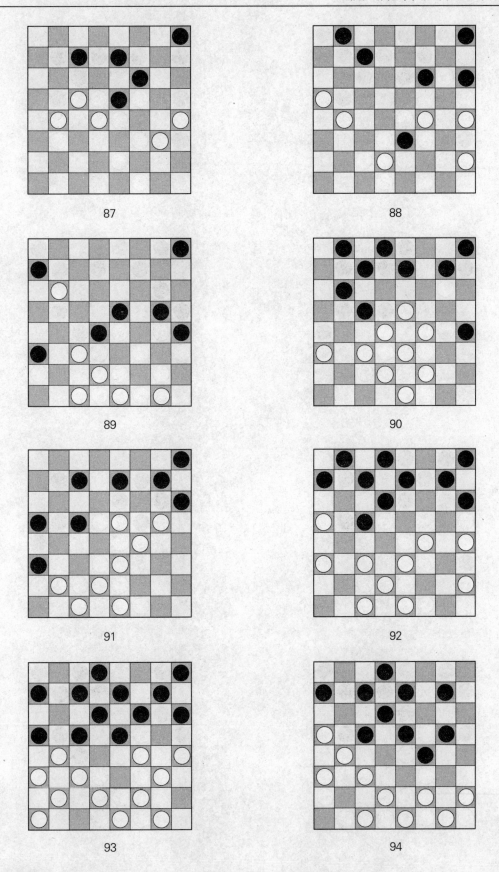

87

88

89

90

91

92

93

94

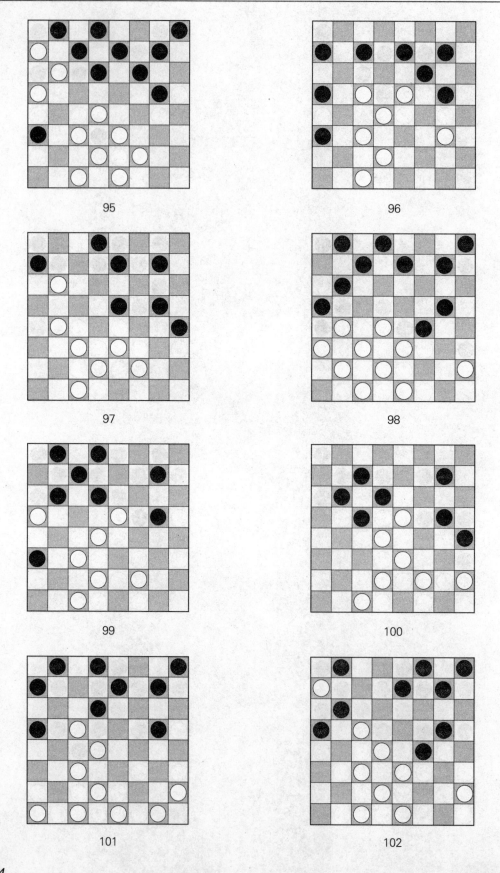

95

96

97

98

99

100

101

102

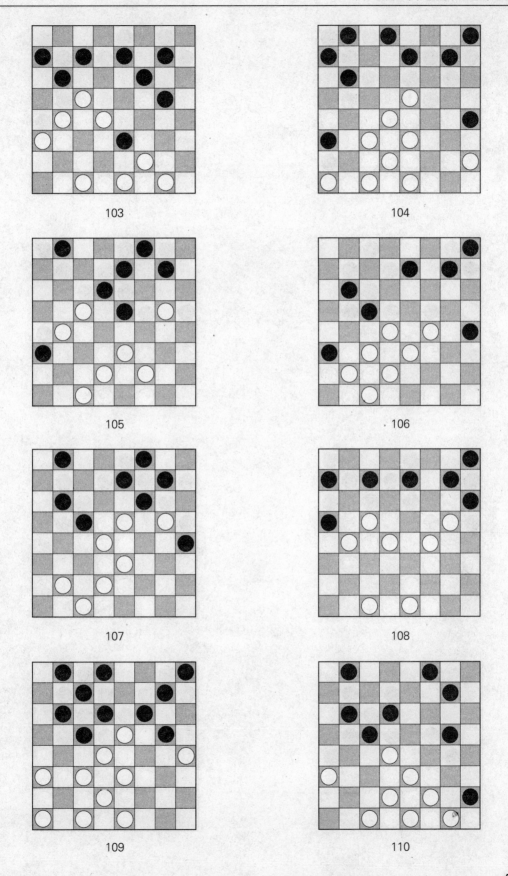

103

104

105

106

107

108

109

110

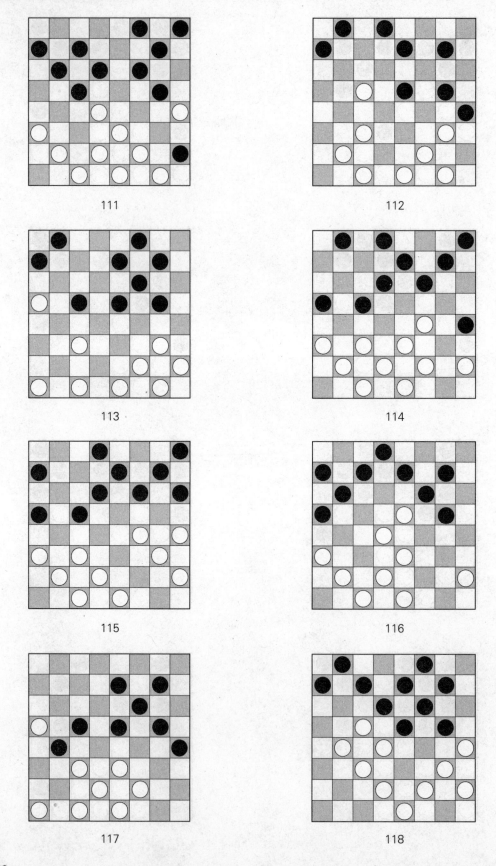

111

112

113

114

115

116

117

118

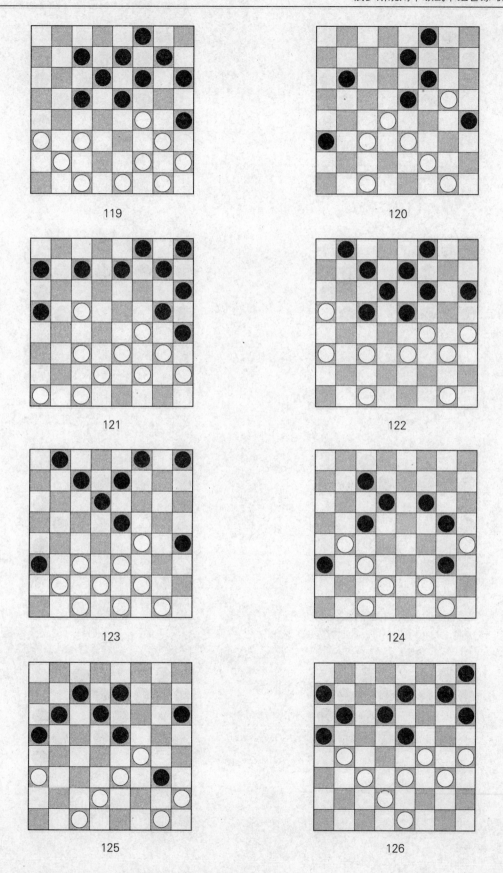

119

120

121

122

123

124

125

126

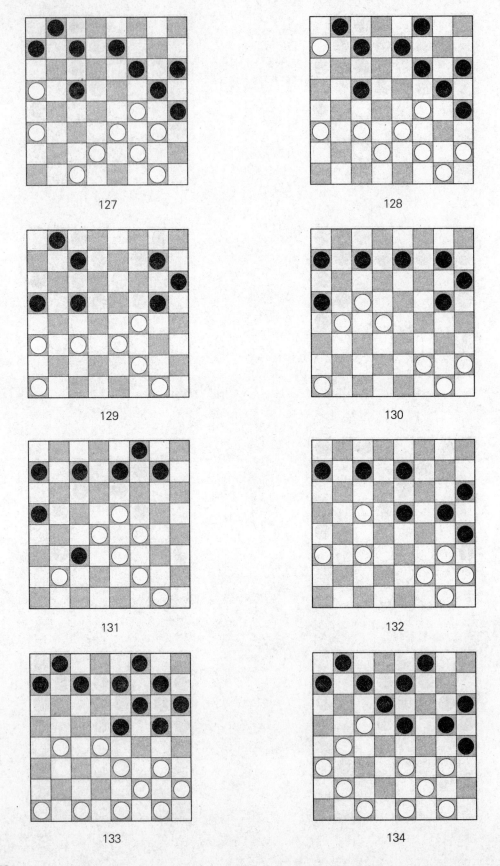

127

128

129

130

131

132

133

134

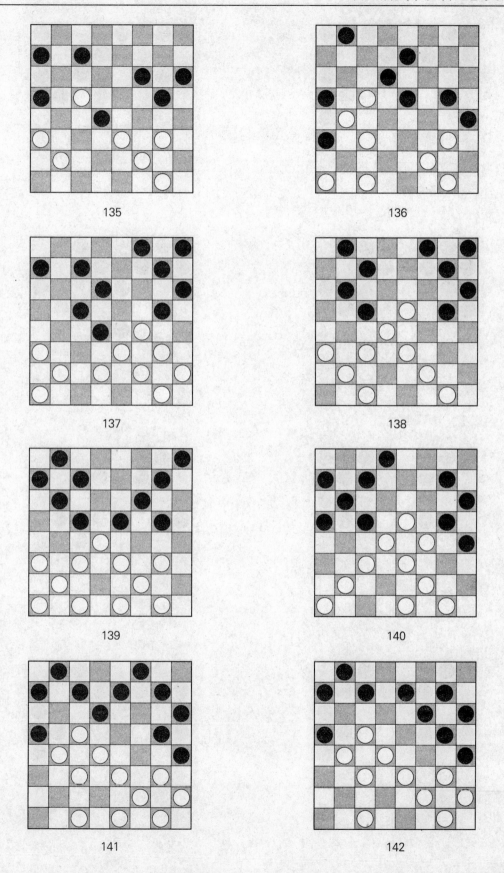

135

136

137

138

139

140

141

142

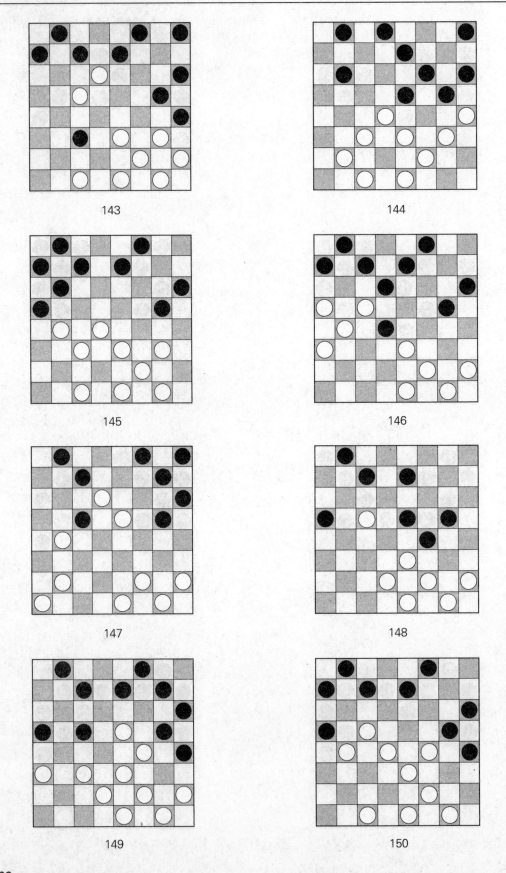

143

144

145

146

147

148

149

150

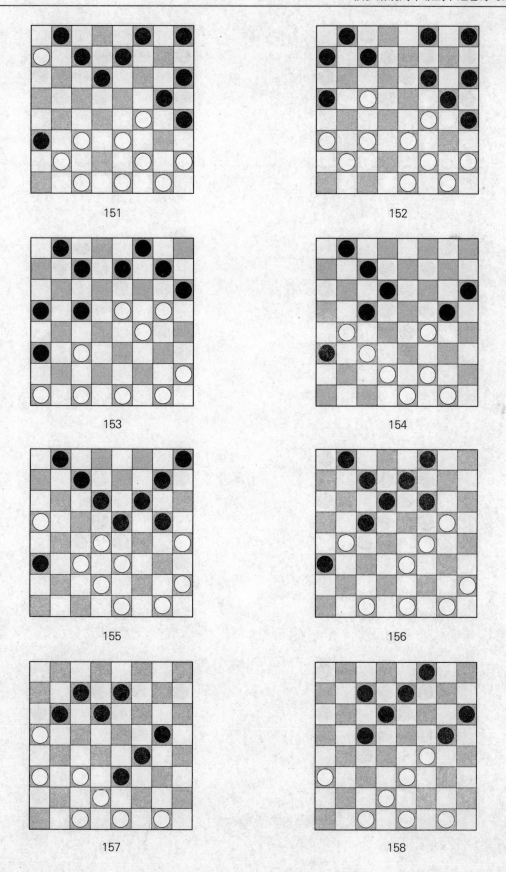

151

152

153

154

155

156

157

158

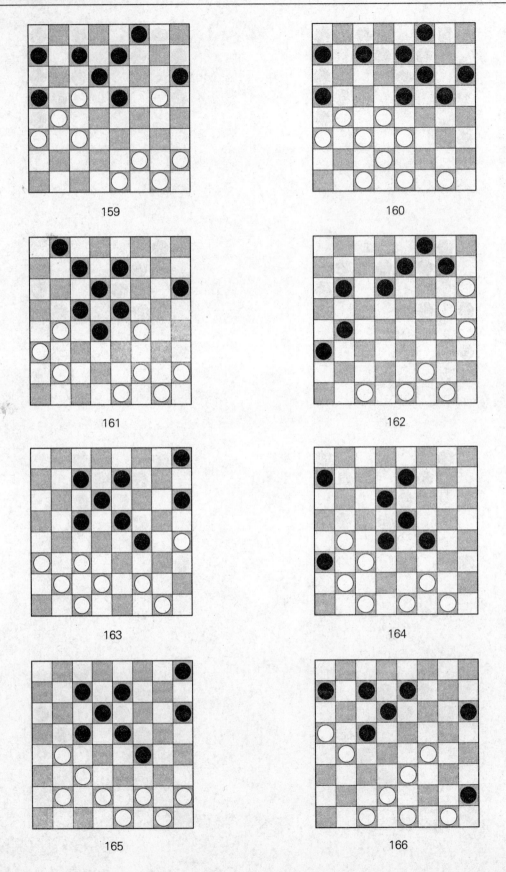

159

160

161

162

163

164

165

166

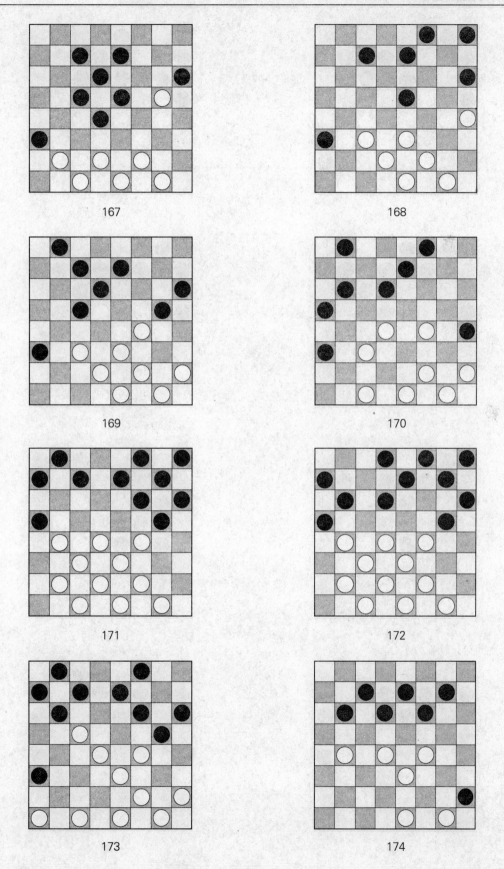

167

168

169

170

171

172

173

174

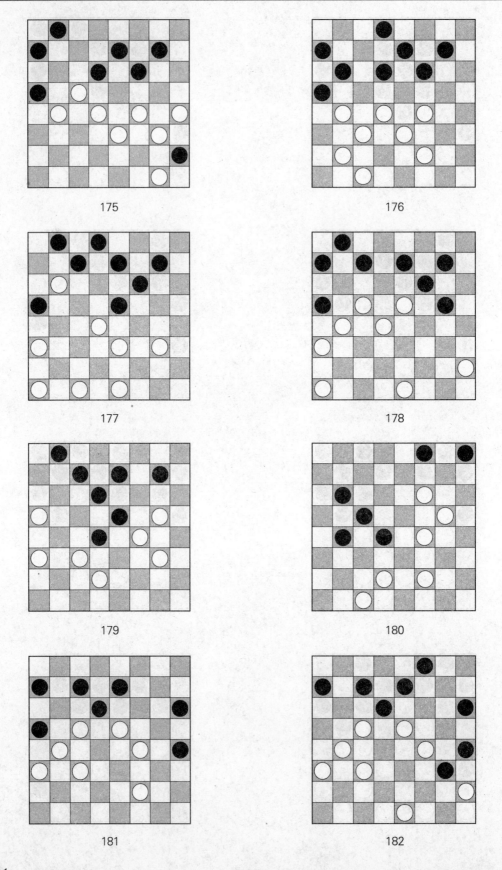

175

176

177

178

179

180

181

182

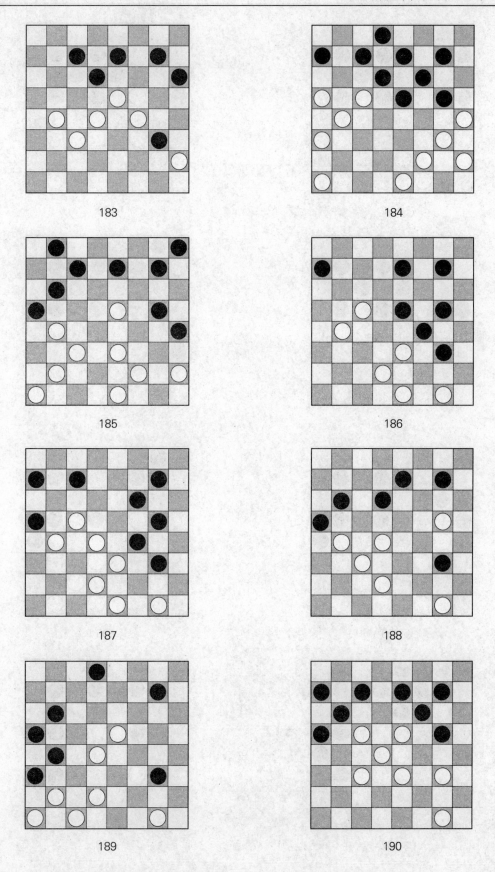

183

184

185

186

187

188

189

190

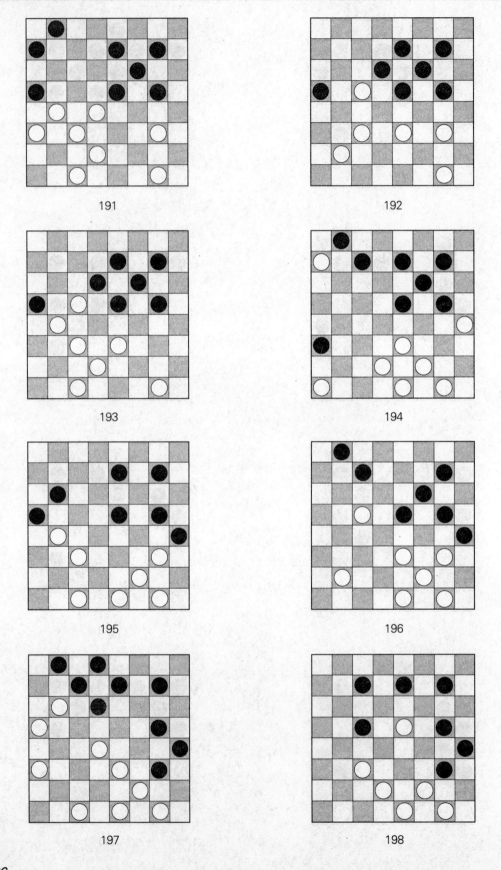

191

192

193

194

195

196

197

198

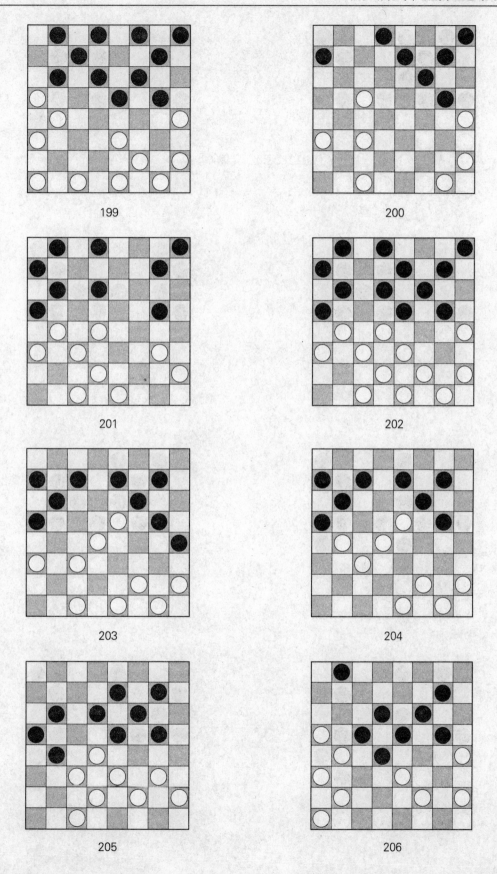

199

200

201

202

203

204

205

206

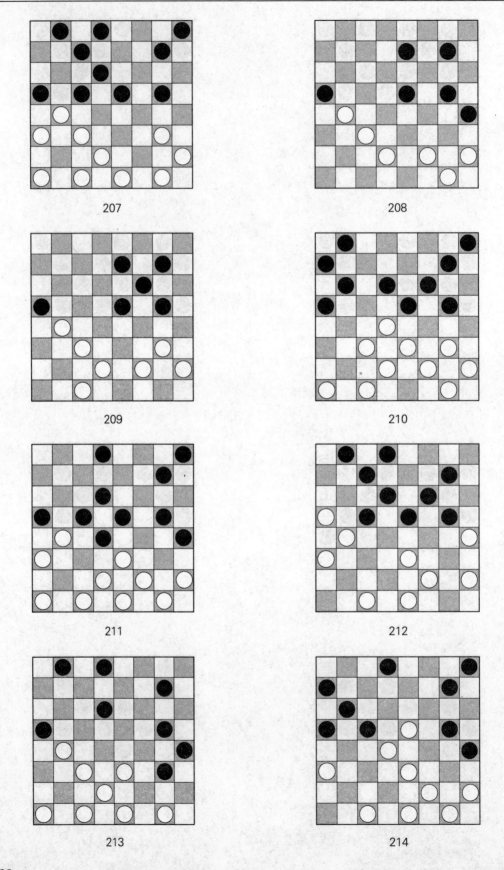

207

208

209

210

211

212

213

214

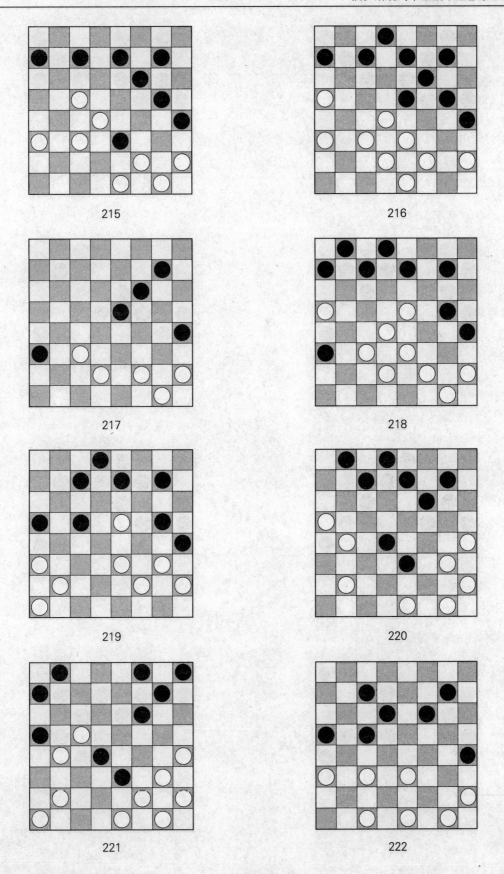

215

216

217

218

219

220

221

222

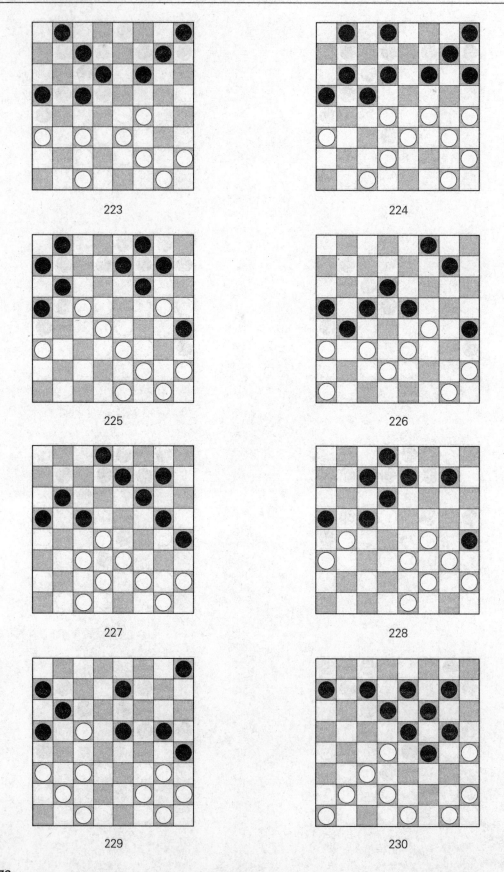

223

224

225

226

227

228

229

230

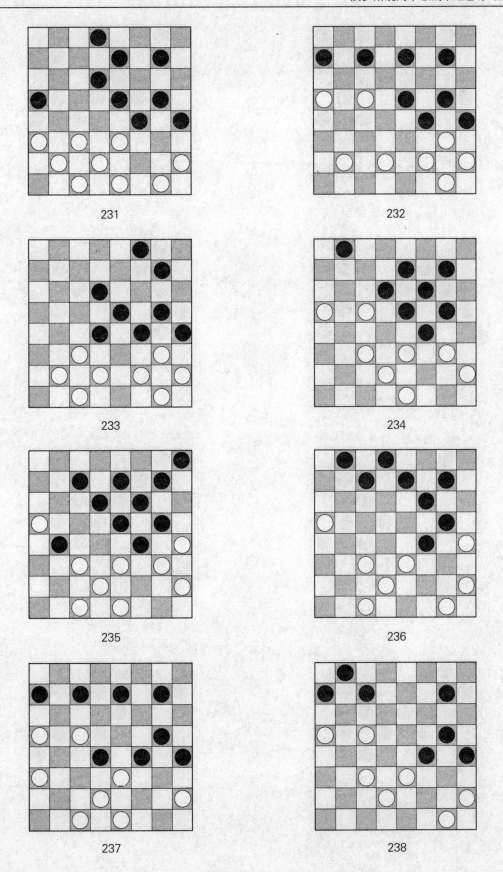

231

232

233

234

235

236

237

238

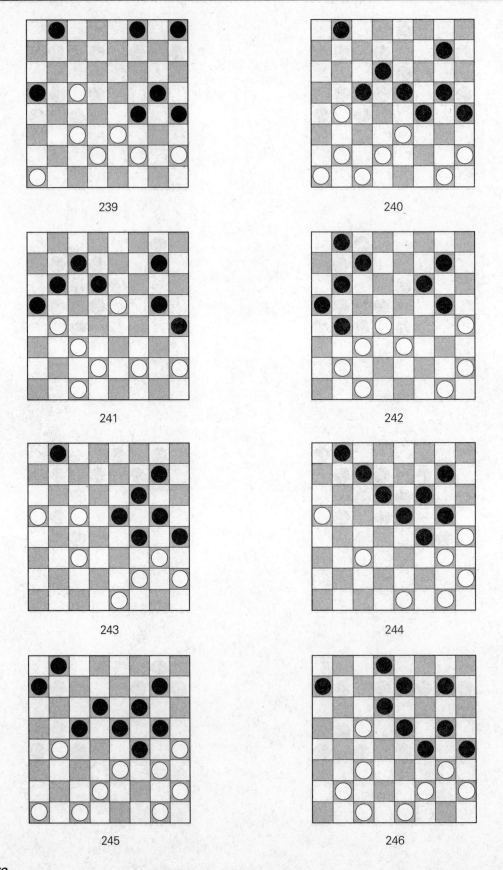

239

240

241

242

243

244

245

246

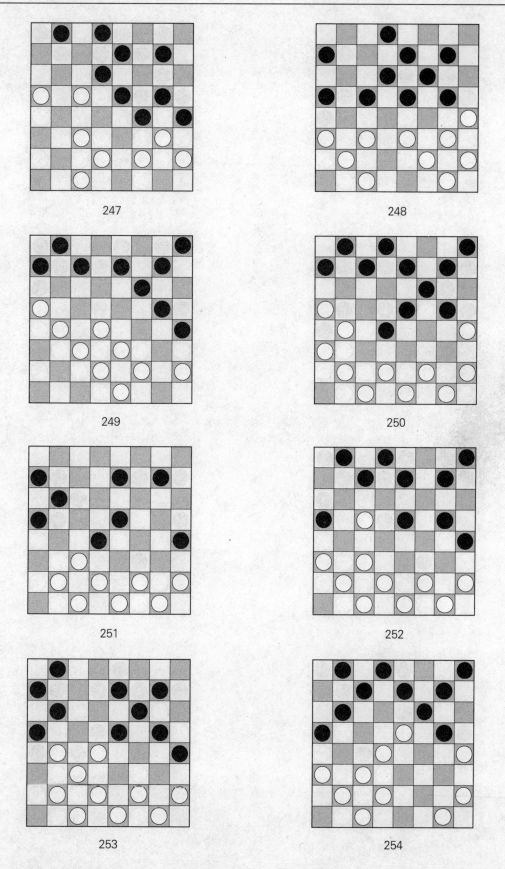

247

248

249

250

251

252

253

254

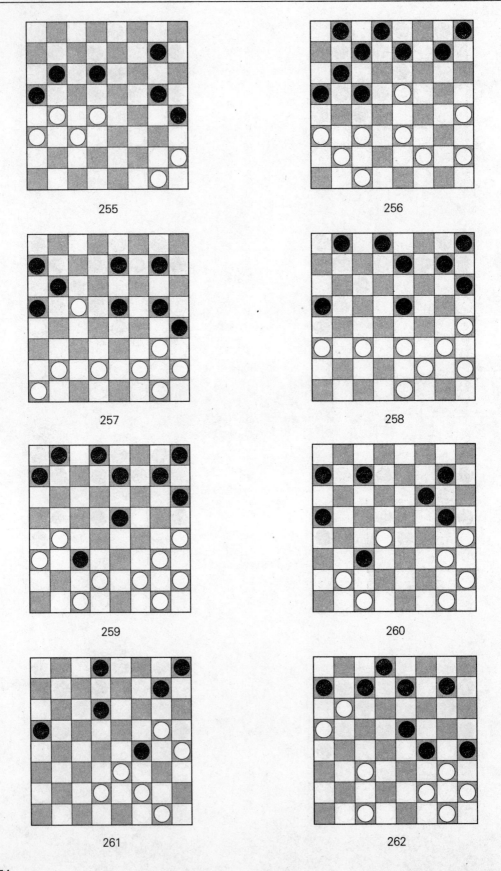

255

256

257

258

259

260

261

262

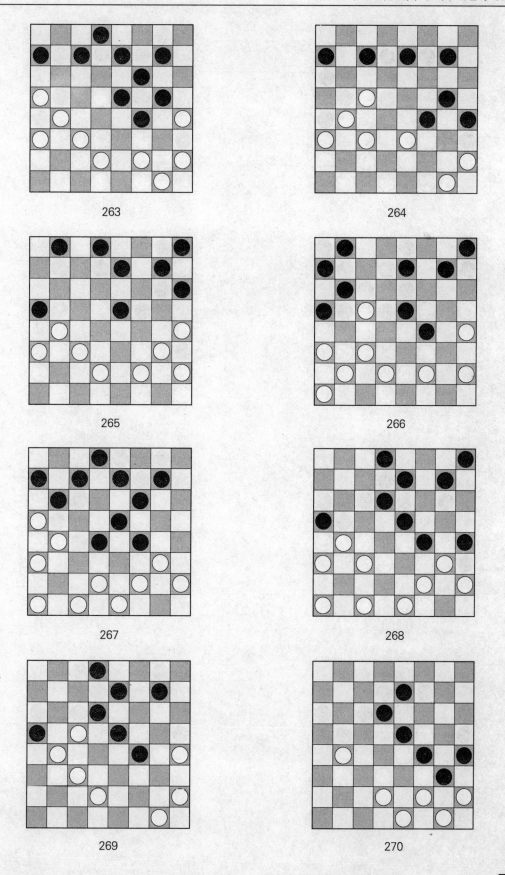

263

264

265

266

267

268

269

270

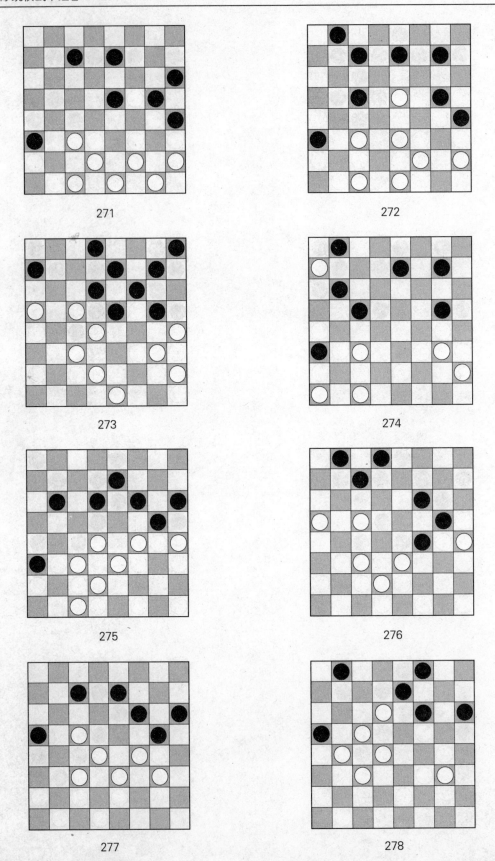

271

272

273

274

275

276

277

278

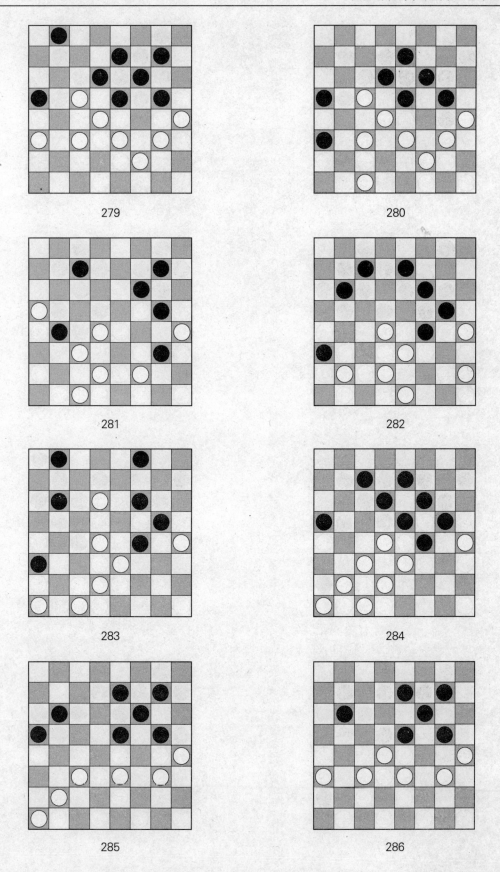

279

280

281

282

283

284

285

286

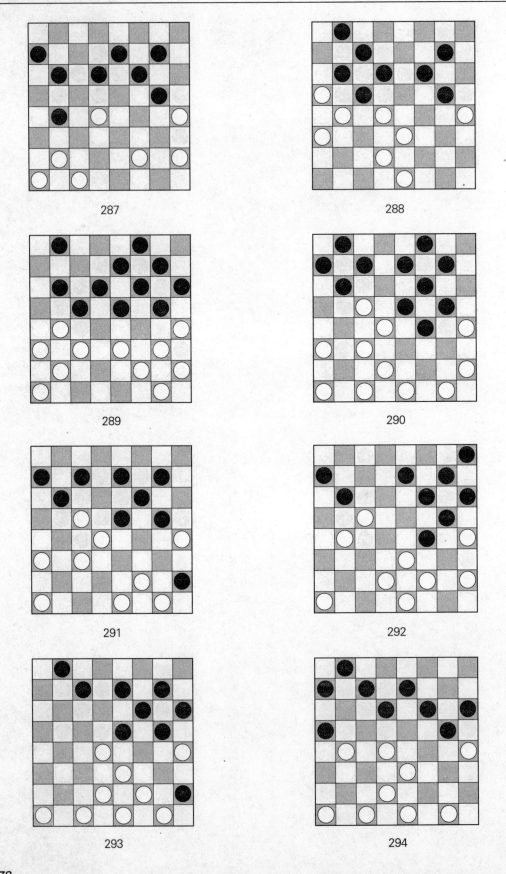

287

288

289

290

291

292

293

294

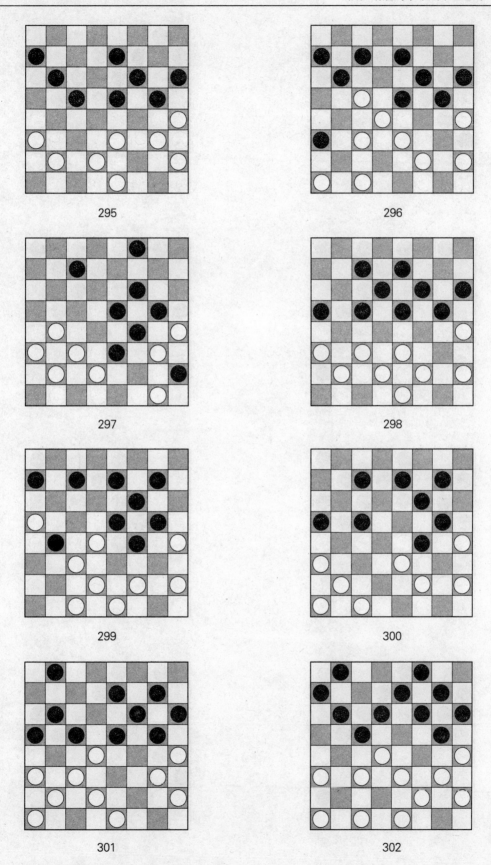

295

296

297

298

299

300

301

302

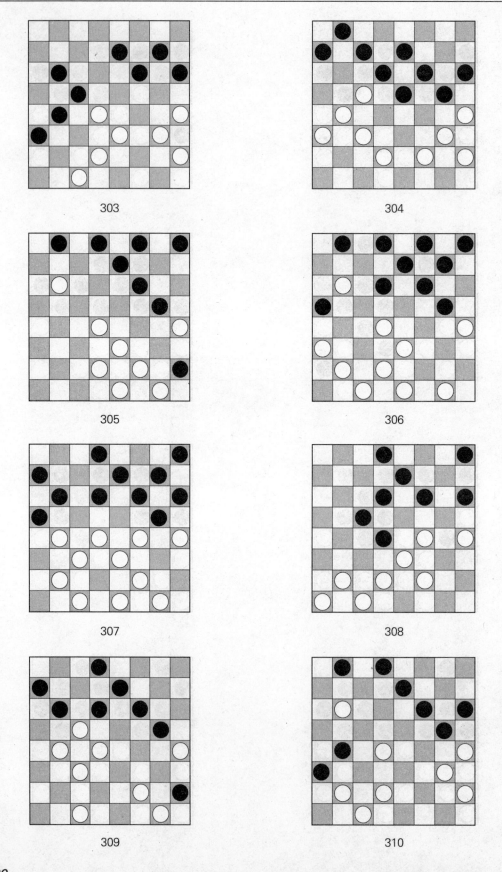

303

304

305

306

307

308

309

310

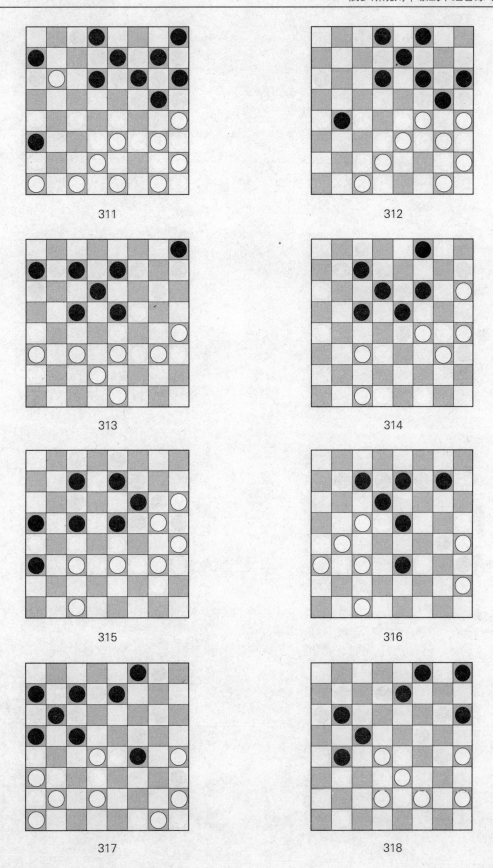

311

312

313

314

315

316

317

318

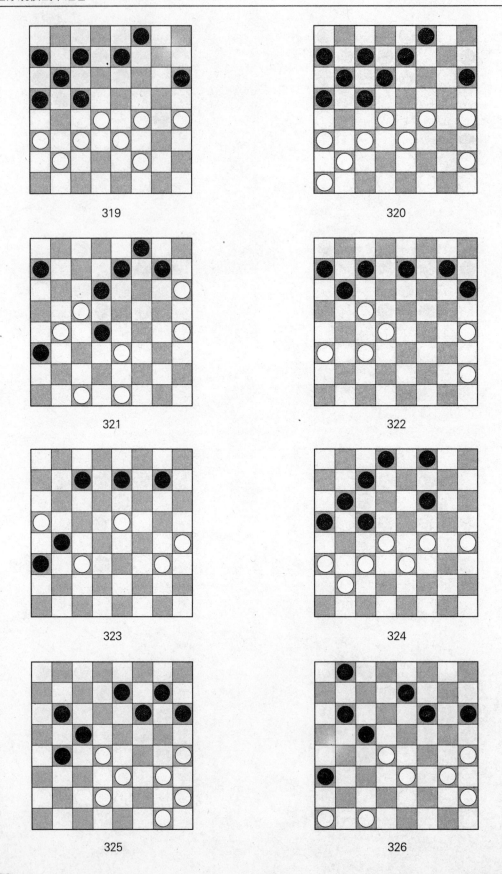

319

320

321

322

323

324

325

326

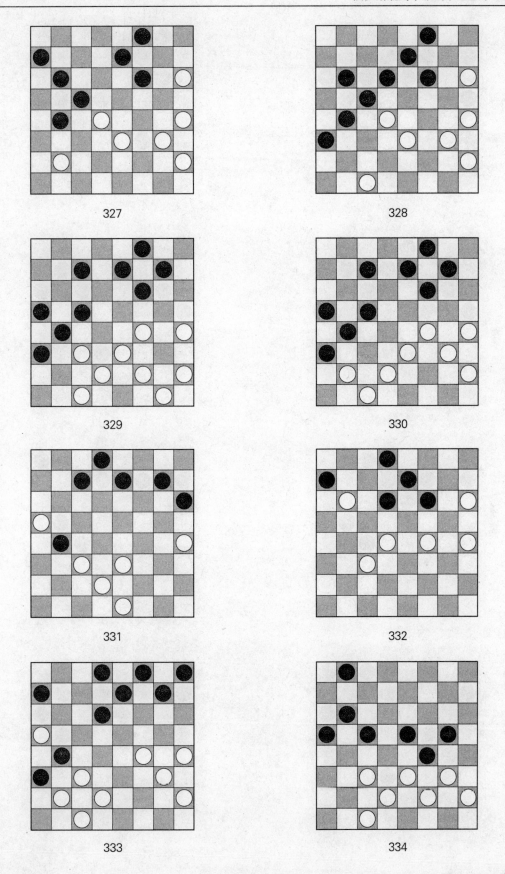

327

328

329

330

331

332

333

334

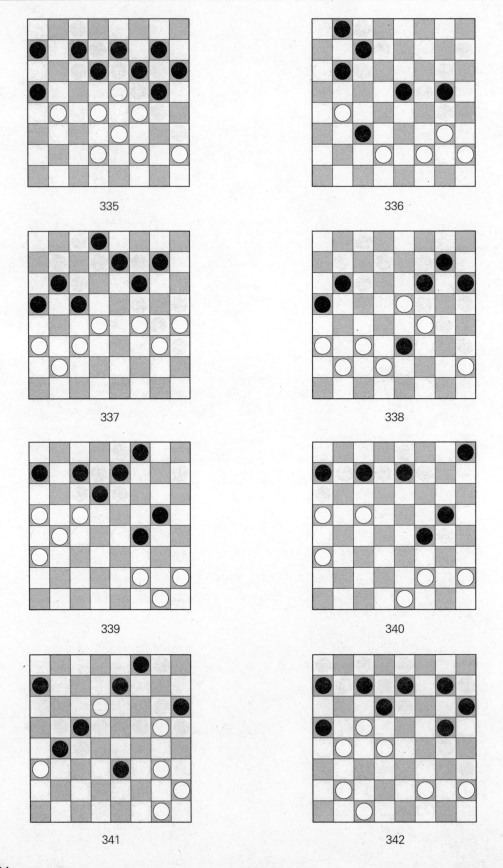

335

336

337

338

339

340

341

342

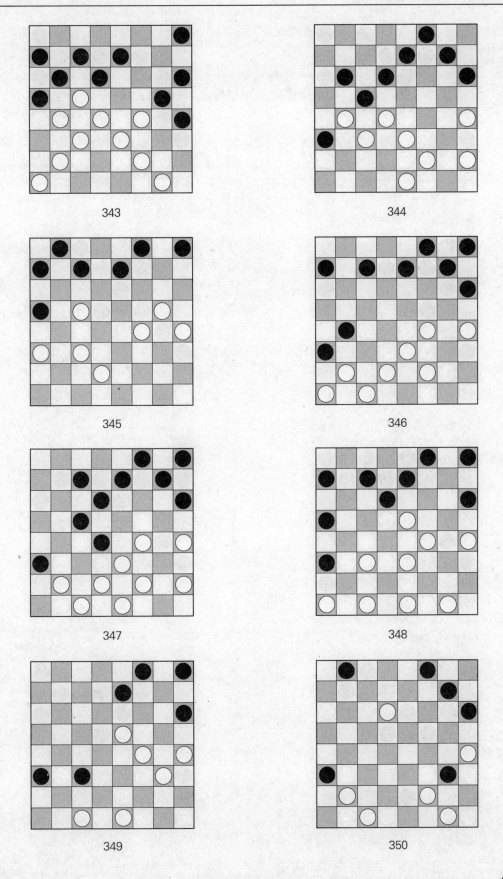

343

344

345

346

347

348

349

350

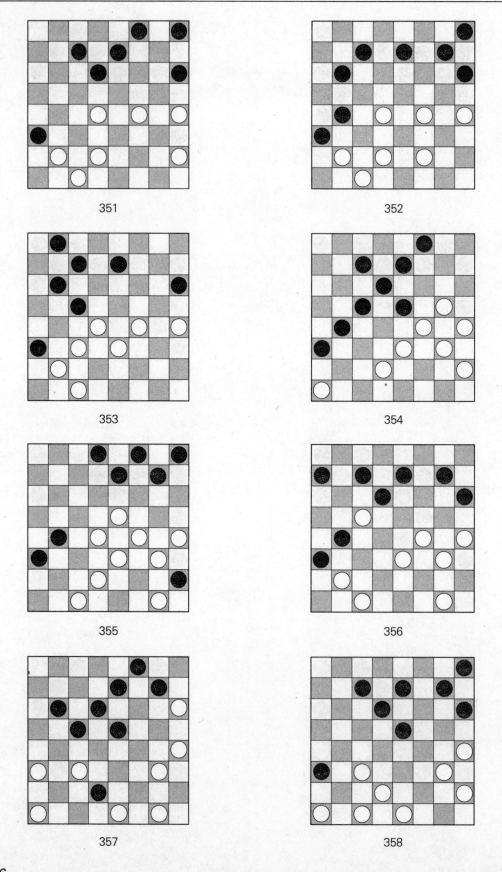

351

352

353

354

355

356

357

358

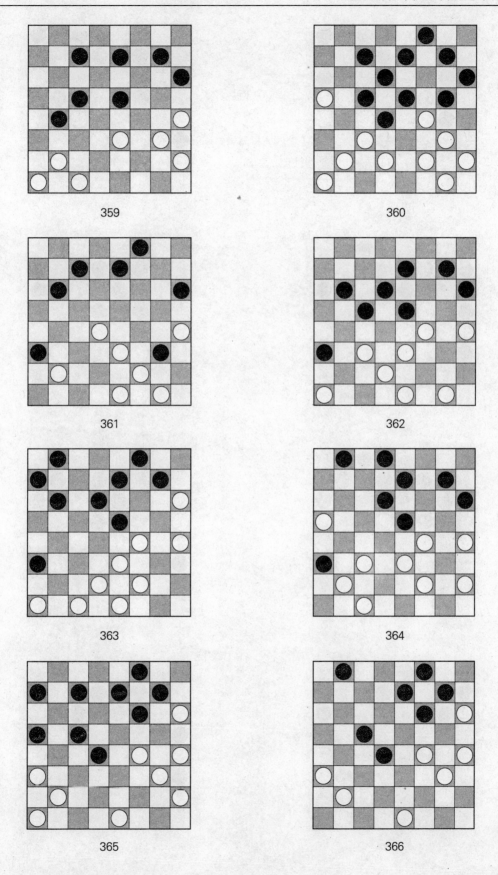

359

360

361

362

363

364

365

366

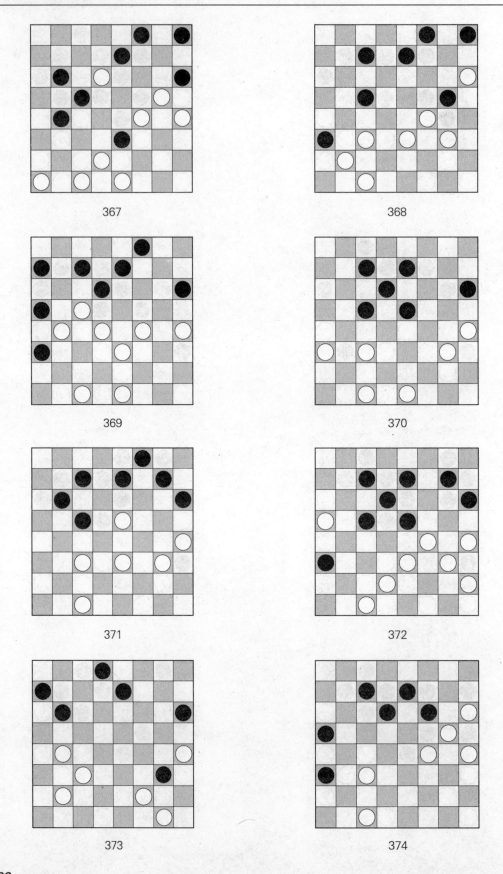

367

368

369

370

371

372

373

374

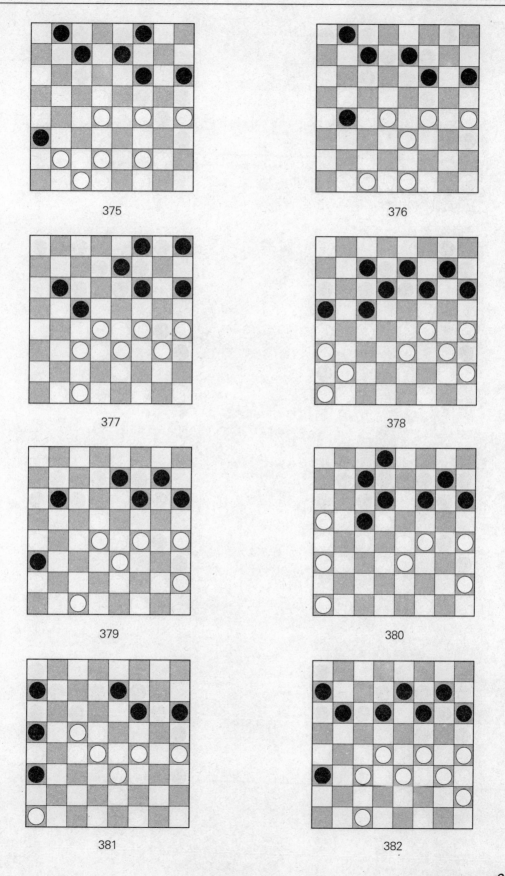

375

376

377

378

379

380

381

382

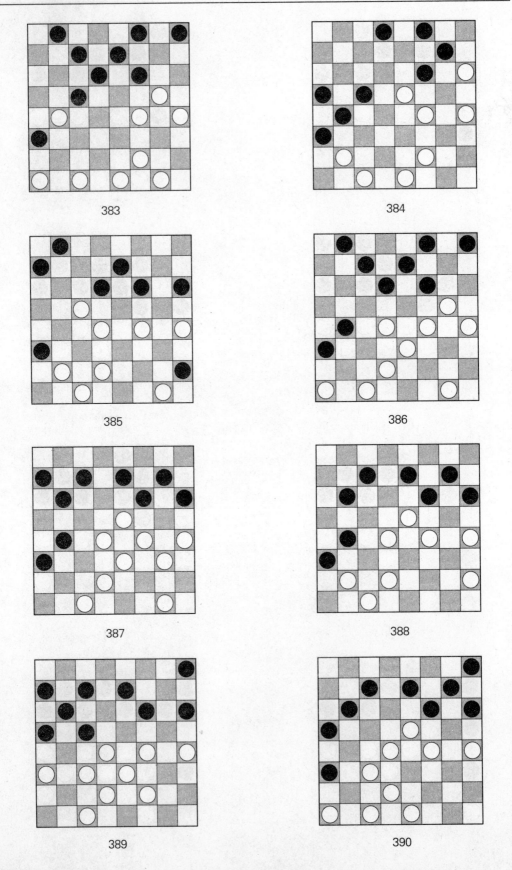

383

384

385

386

387

388

389

390

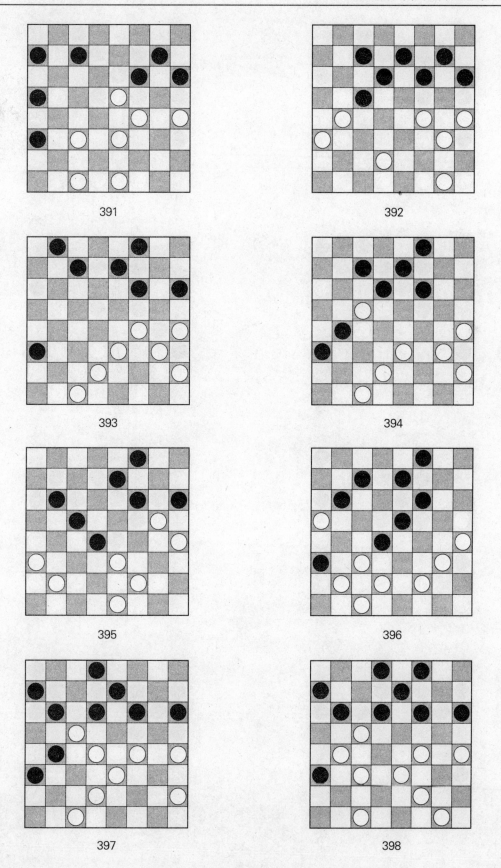

391

392

393

394

395

396

397

398

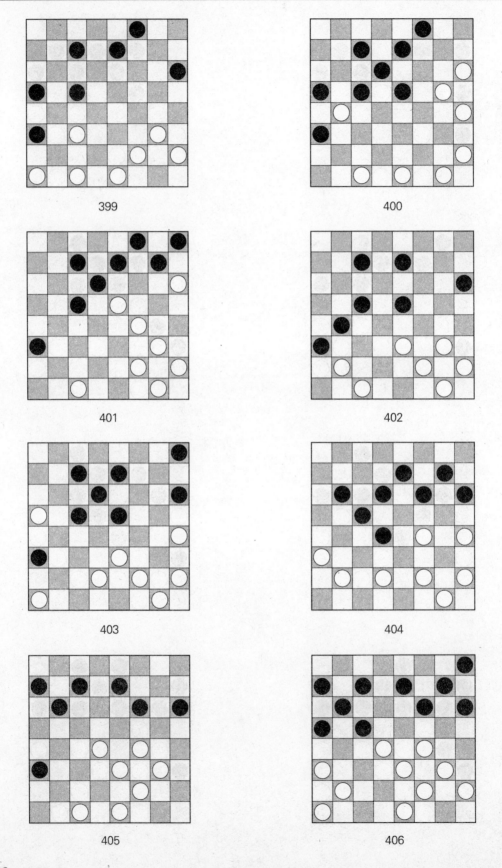

399

400

401

402

403

404

405

406

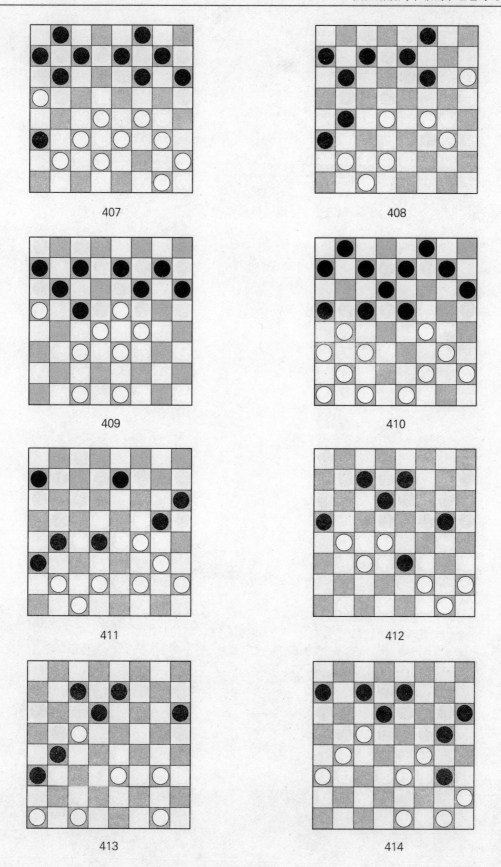

407

408

409

410

411

412

413

414

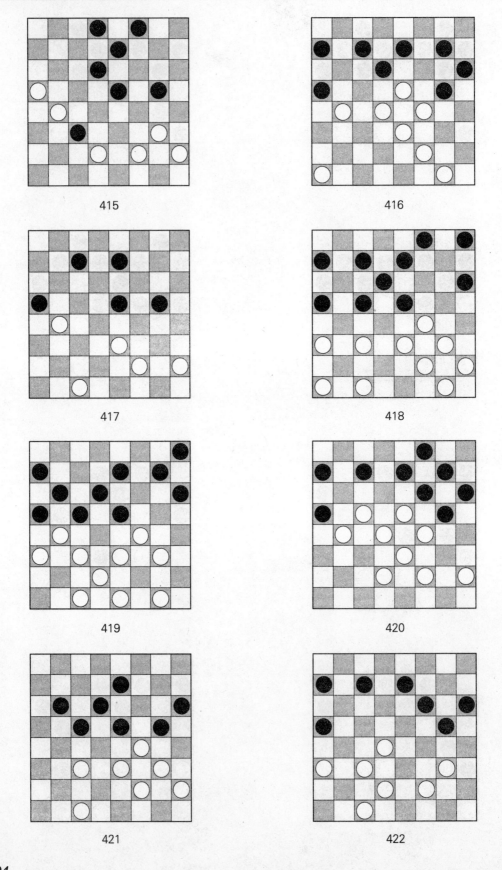

415

416

417

418

419

420

421

422

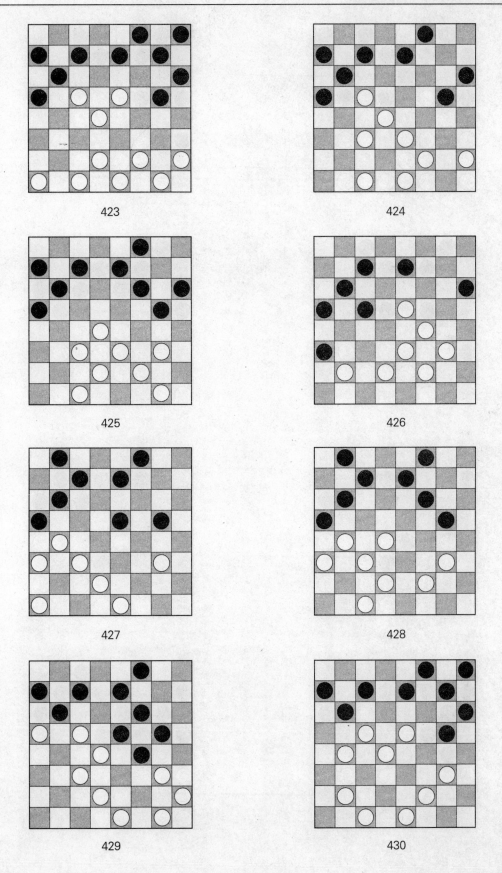

423

424

425

426

427

428

429

430

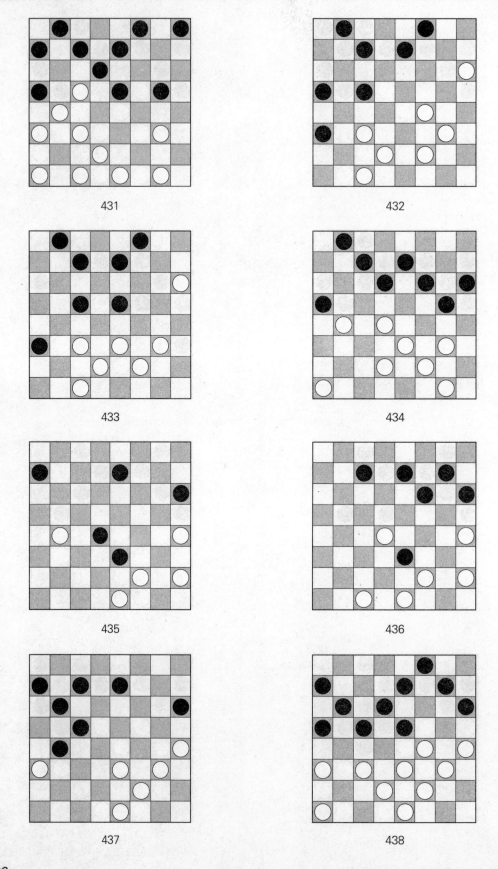

431

432

433

434

435

436

437

438

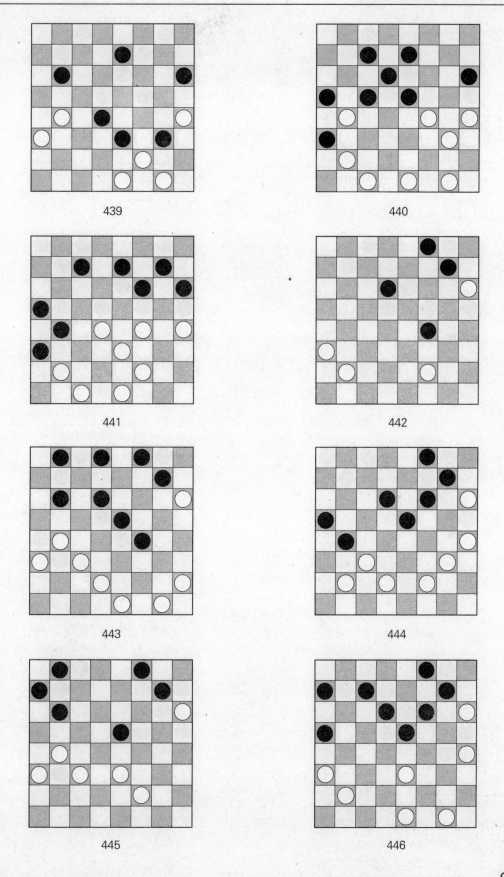

439

440

441

442

443

444

445

446

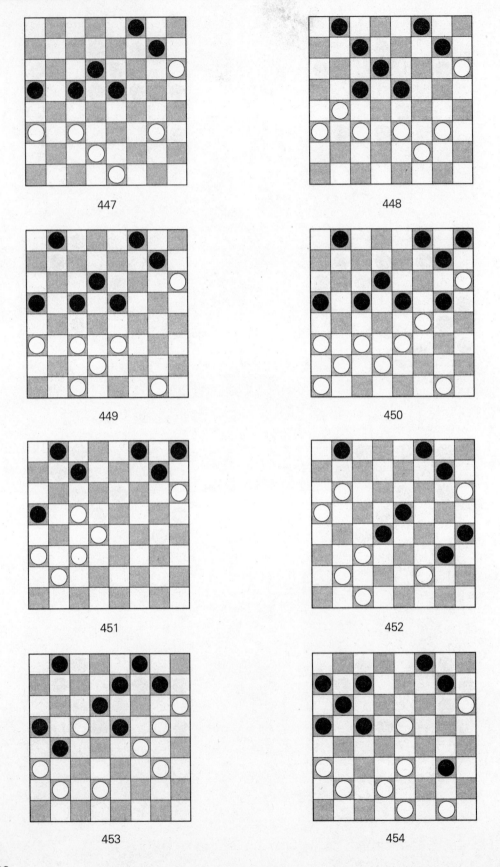

447

448

449

450

451

452

453

454

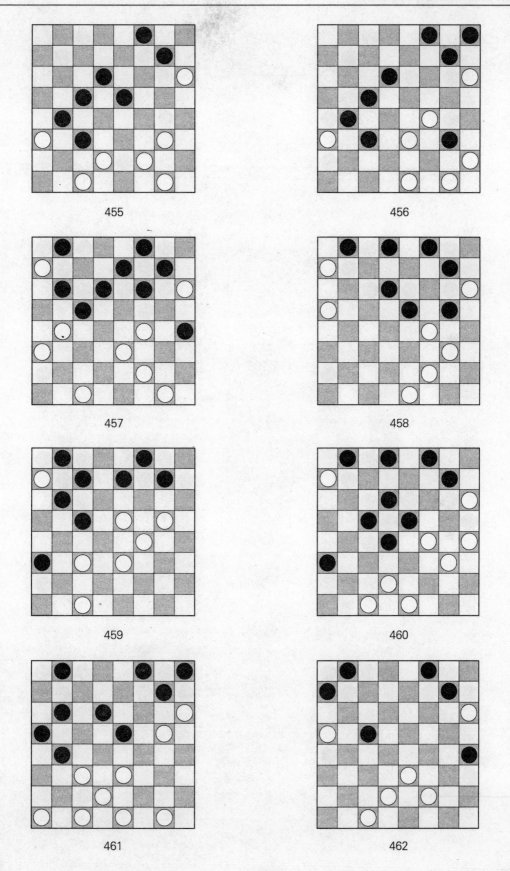

455

456

457

458

459

460

461

462

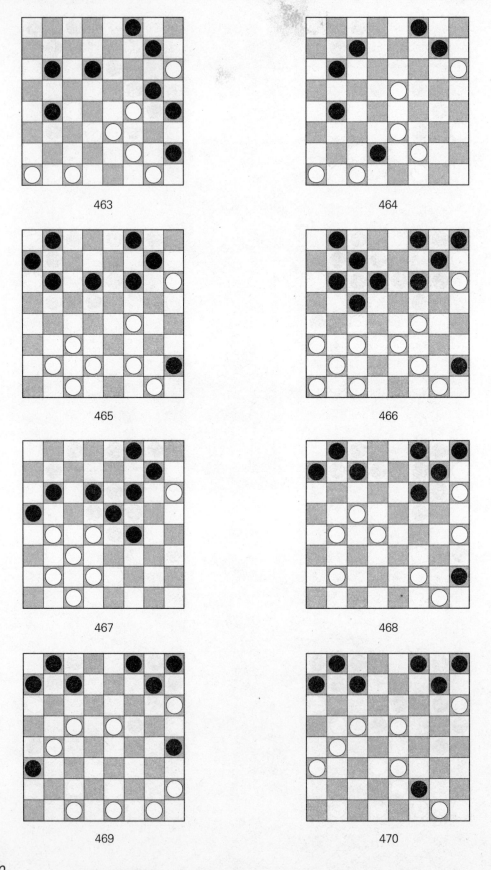

463

464

465

466

467

468

469

470

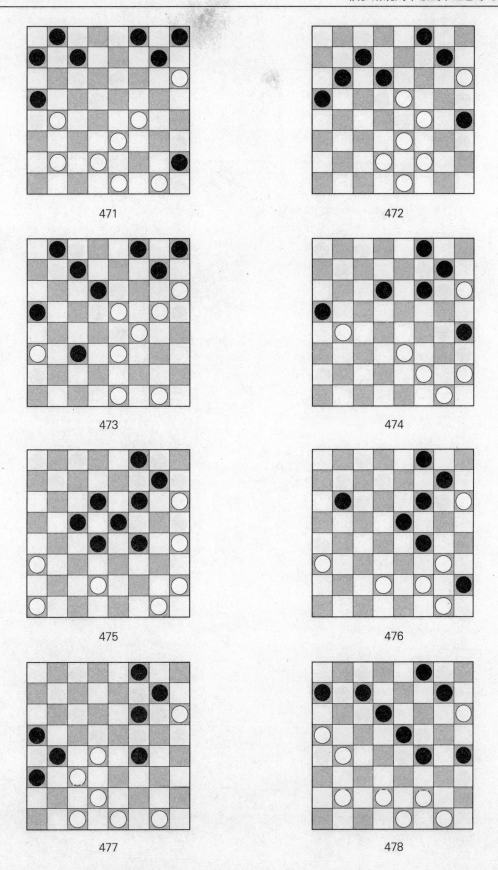

471

472

473

474

475

476

477

478

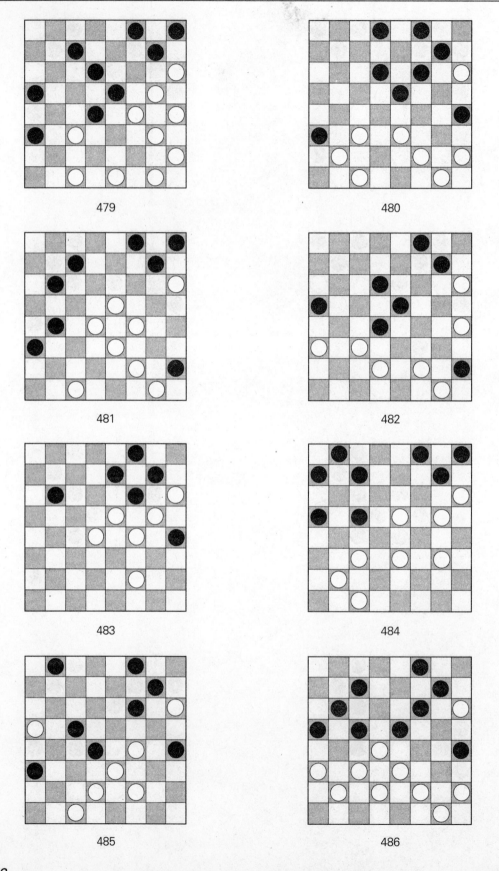

479

480

481

482

483

484

485

486

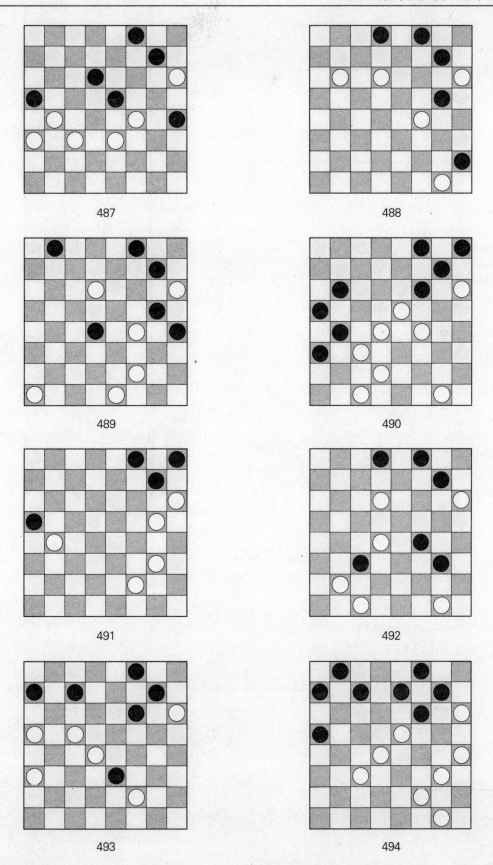

487

488

489

490

491

492

493

494

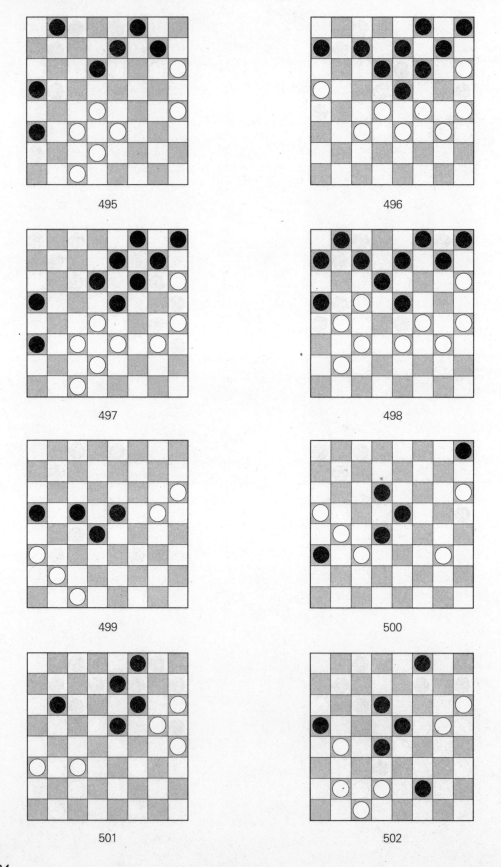

495

496

497

498

499

500

501

502

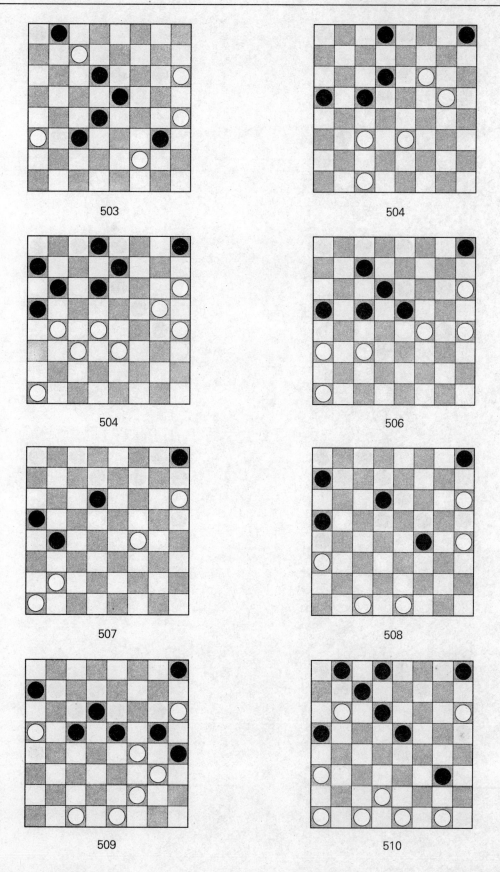

503

504

504

506

507

508

509

510

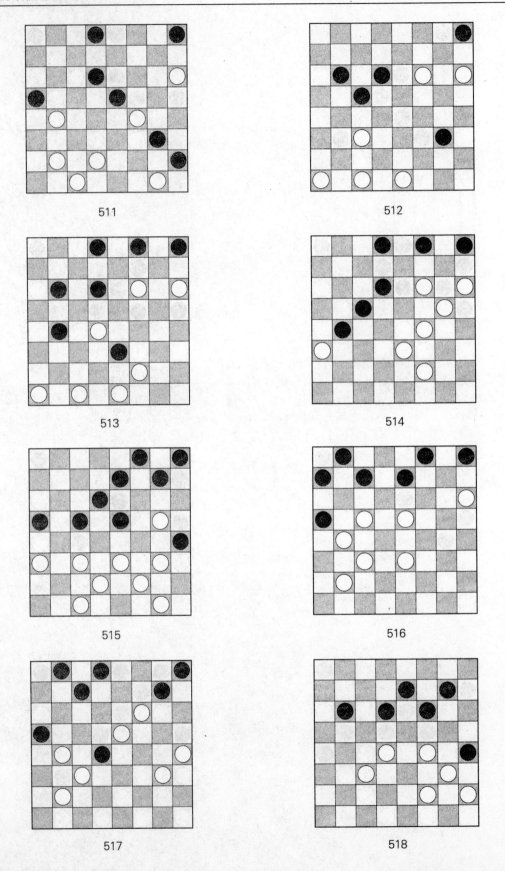

511

512

513

514

515

516

517

518

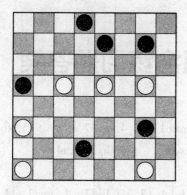

519

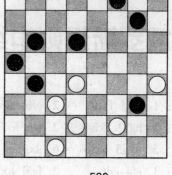

520

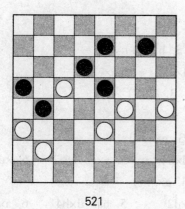

521

俄罗斯规则中级战术组合练习题答案

1: 1. fg7! fxh6   2. ef6 cd6   3. ef4! cxc1   4. axe7 cxg5   5.fxh4+

2: 1. hg5! fxh4   2. fg5 hxf6   3. gf4 exc3   4. hg3 dxh4
   5. bxg5 hxf6   6. axg5+

3: 1. ef4 cd6   2. fg5! hxf4   3. fe3! fxb4 (3. ··· hxf2 4. exa7 ef4
   5. de5 fxd6 6. hg3 fxh4 7. ab8+)
   4. axa7 exc3   5.ab8 hxf2   6. bxa5+

4: 1. gh4! dxb2 (1. ··· exe1 2. cxa5 exc3 3. bxd2+)
   2. fg5 hxf4   3. dc3 bxd4   4. bc5 dxb4   5.axe7+

5: 1. de5! fxd4   2. fg5! hxf6 (2. ··· hxd2 3. exc7)
   3. ba5 dxb4   4.axg7 axc5   5.gh8+

6: 1. cb4! fxd2 (1. ··· axc5 2. dxb6 fxd2 3. cxe3+)
   2. cxe3 axf4   3. de5 fxd4   4. bc5 dxb4   5. axg3 hxf2   6.gxe3+

7: 1. hg5! fxh4 (1. ··· hxd2 2. ba5 dxb4 3. axg7+)
   2. ef4! ef6   3. fg5 hxf4   4. fe3 fxd2   5. ba5 dxb4   6. axg7+

8: 1. hg5! fg3   2. hxf4! exe1   3. gh2 hxf4   4. ba5 exb4
   5. axe7 fxd6   6. axg3+

9: 1. fg5! fxh4   2. ed2! dxf4   3. exg5 hxf6   4. de5 fxd4
   5. dc3 dxb2 (bxd2)   6. cxa7+

10: 1. fe5! gh4   2. ef6! exg5   3. hxf4 hxd4   4. dc3 dxb2 (bxd2)
    5. cxa7+

11: 1. hg5! fxh6 (1. ··· fxf2 2. gxg5+)
    2. dc5 dxb4   3. axc5 bxd4   4. gf4 exg3   5. cxg7+

12: 1. ab4! cxa3   2. fe5 dxf4   3. exg5! hxf4   4. gxg7 hxf6
    5. dc5 bxd4   6. cxg7+

13: 1. gf4! exg3   2. hxf4 de5   3. fxd6 dc7   4. fg3! cxe5
    5. ef4 hxf2   6. fxd6+

14: 1. fg5! hxf6 (1. ··· hxd2 2. exc7+)
    2. ab4 cxa3   3. exg5 hxf4   4. fe3 fxd2   5. exc3+

15: 1. hg5! fxh4 (1. ··· cxa1 2. gxa7 axg3 3. hxf4+)
    2. de5 cxa1   3. ef2 axf6   4. fg5 hxf4   5. fg3 hxf2   6. gxa7+

16: 1. ed4 cxe3   2. fxd2 hxf4   3. cd4 exc3   4. dxb4 axc3   5. gxa5+

17: 1. ed4! cxc1   2. hg5 hxf4   3. ed2 cxe3   4. ab4 axc3   5. bxf2+

18：1. hg5! exg3　　2. ef4 gxe5　　3. ef2 hxf4　　4. fe3 fxd2
　　5. cxe1 axc3　　6. bxa5+

19：1. cd2! hxb6　　2. fg5 hxf4　　3. de3 fxd2　　4. cxe1 axc3　　5. bxa5+

20：1. de3! fxd2　　2. cxc5 bxd4　　3. fe3 dxf2　　4. ab4 axc3　　5. bxg1+

21：1. hg7! fxf4　　2. de3 fxd2　　3. cxe1 axc3　　4. fe3 dxf2
　　5. bxg1+

22：1. hg3! fxh2　　2. fe3! dxf2　　3. exg3 hxf4　　4. de3 fxd2
　　5. cxe1 axc3　　6. bxa5+

23：1. ef4! axc3　　2. fe5 dxh2　　3. fe3 dxf2
　　4. exg3! hxf2　(4. ··· hxf4　5. bc1+)　　5. bxe1+

24：1. hg7! fxh6　(1. ··· fxh8　2. cb4 axc3　3. bxa5+)
　　2. hg5! fxf2　　3. fg5 hxf4　　4. cb4 axc3　　5. bxg1+

25：1. fe3! hxd4　　2. fg5 fxh4　　3. cb4 axc3　　4. hg3 hxf2
　　5. gxc5 dxb4　　6. bxa5+

26：1. hg5! fxh4　　2. fe3 hxd4　　3. de3 dxf2　　4. cb4 axc3　　5. bxg1+

27：1. hg5! fxd4　　2. de3 exg3　(2. ··· dxf2　3. cb4 axc3　4. bxg1+)
　　3. hxf4 dxf2　　4. cb4 axc3　　5. bxe1+

28：1. ed4! hxf2　　2. fg5 hxf4　(2. ··· fxh4　3. dxg1+)
　　3. dc5 dxd2　　4. cxg5 fxh4　　5. ab4 axc3　　6. bxg1+

29：1. cb4! axc3　　2. gf4 exg3　　3. de5! fxd4　　4. ef4 gxe5
　　5. fe3 dxf2　　6. bxa5+

30：1. fg5! fxh4　(1. ··· hxf4　2. exg5 fxh4　3. fe3 hxd4　4. de3 dxf2
　　5. cb4 axc3　6. bxg1+)　　2. cd4! exe1　　3. gf4 exe5
　　4. ed4 cxe3　　5. ab4 axc3　　6. bxg1+

31：1. ef6! gxe5　(1. ··· exg5　2. hxf6 gxe5　3. de3+)　　2. hg5! hxf4
　　3. fg3 fxh2　　4. de3 dxf2　　5. cb4 axc3　　6. bxg1+

32：1. dc3! de5　　2. fe3! dxf2　　3. exg3 hxf2　　4. hg7 hxf6
　　5. cb4 axc3　　6. bxe1+

33：1. fe5 dxf4　　2. gxg7! hxf6　　3. dc3 fe5　　4. cb4 axc3
　　5. fe3 dxf2　　6. bxg1+

34：1. dc5! bxd4　　2. exc5! gxc1　　3. cb6 axc5　　4. fe3 cxf4
　　5. cb4 axc3　　6. bxc1+

35：1. ef4! gxc5　　2. de3! fxf2　　3. hg5 hxf4　　4. cb4 axc3　　5.bxg1+

36：1. fg5! hxf4　　2. fg3 hxf2　　3. gxe7 dxf6　　4. cb6 axc5
　　5. cb4 axc3　　6. bxh4+

37：1. cb6! axc5　　2. fe3 hxd4　　3. cxe5 fxd4　　4. ef2 axc3
　　5. fe3 dxf2　　6. bxe1+

38：1. cb6! axc5　　2. fe3! hxd4　　3. cxg7 hxf4　　4. gh8 axc3　　5. bxc1+

39：1. fg5! h×f4　　2. cd6! e×c5　　3. fg3 h×f2　　4. g×e7 d×f6

　　　5. cb4 a×c3　　6. b×h4+

40：1. ef6! g×c3　　2. ed4 c×e5　　3. cb2 b×d4　　4. ab4 a×c3

　　　5. fe3 d×f2　　6. b×a5+

41：1. ef6! g×c3 (1. ··· g×g3　2. f×d8+)

　　　2. cb2 b×d4　　3. e×c5 g×e3　　4. f×d4 c×e5　　5. ab4 a×c3　　6. b×a5+

42：1. hg5! e×g3　　2. ef4 g×e5　　3. cb2 h×f4　　4. cb4 a×c3　　5. b×a5+

43：1. dc5! a×c3　　2. ef6! g×g3 (2. ··· e×g5　3. c×e7 f×d6　4. h×d2+)

　　　3. ef4 d×b4　　4. cb2 g×e5　　5. b×a5+

44：1. cb2! a×c3　　2. fe5 d×d2 (2. ··· f×f6　3. b×d8+)　3. fe3 d×f4 (3. ··· d×h4

　　　4. b×c1+)　　4. g×e5 d×f6　　5. b×d8+

45：1. cb4! a×c3　　2. fe3 h×d4　　3. cb2 f×h4　　4. hg3 h×f2

　　　5. g×c5 d×b4　　6. b×h8+

46：1. cb4 a×c3　　2. fg3 h×d4　　3. cb2 f×h4　　4. hg3 h×f2

　　　5. g×e3 d×f2　　6. b×e1+

47：1. ed4! c×e3 (1. ··· g×e3　2. d×h4+)

　　　2. cd4 e×c5　　3. dc3 g×e3　　4. cb4 a×c3　　5. b×d2+

48：1. de5! a×c3　　2. cd6 e×c5　　3. fg3 h×f6　　4. cb2 g×e3　　5. b×d2+

49：1. cb6! a×c5　　2. cd4! e×c3 (2. ··· c×g5　3. cb2 a×c3　4. b×a5+)

　　　3. ef2 c×e5　　4. cb2 a×c3　　5. b×f2+

50：1. ed6! c×e5　　2. df4! g×g1　　3. cb2 g×b6　　4. cb4 a×c3　　5. b×a5+

51：1. bc5! e×g1　　2. ab6 c×a5　　3. de5 g×b6　　4. ef6 g×e5

　　　5. cb4 a×c3　　6. b×a5+

52：1. ef4! g×e3　　2. gf2 e×g1　　3. ab6 c×c3　　4. cb2 g×b6　　5. b×a5+

53：1. cb6! a×c5　　2. ed4! c×e3　　3. cd4 e×c5 (3. ··· e×c3　4. d×f8+)

　　　4. cb2 a×c3　　5. b×f8+

54：1. ed4! e×c3　　2. ef4! g×g1　　3. cb2 h×f2　　4. b×g5! h×f4　　5. e×c7+

55：1. ed4! c×g1　　2. ef2! g×b2　　3. a×c1 h×f2　　4. cb2 a×c3　　5. b×g1+

56：1. cb2! g×g1　　2. ef2 g×c1　　3. gf4 c×g5　　4. cb4 a×c3　　5. b×h4+

57：1. ed4! c×e3　　2. cb2! e×c1　　3. ed2 c×e3　　4. cb4 a×c3　　5. b×f2+

58：1. cd4! c×e3 (1. ··· e×c3　2. g×e5 d×f4　3. d×b8+)

　　　2. cb2 e×c1　　3. ed2 c×e3　　4. ab4 a×c3　　5. b×g1+

59：1. cb6! a×c7　　2. de3 f×b4　　3. gf2 g×e1　　4. cd2 e×c3　　5. b×b6+

60：1. fg3! h×f2　　2. g×e3 f×h4　　3. ed4! e×e1 (3. ··· c×e3　4. a×c5 d×b4

　　　5. d×b8+)　　4. cd2 e×c3　　5. b×g5! h×f6　　6. a×g5+

61：1. gf4! e×g3　　2. hg5! h×d2　　3. e×e5 g×e1　　4. ed6 c×e5

　　　5. cd2 e×c3　　6. b×a5+

62：1. bc5! exg3　　2. cd4! dxb4　　3. ef2 gxe1　　4. ef4 gxc5

　　5. cd2 exc3　　6. bxh8+

63：1. gf6! gxe5　(1. … exg5　2. gh4 dxf2　3. hxh8 fe1　4. cb2 exc3　5. bxd8+)

　　2. gf4! exg3　　3. gf2 gxc3　　4. cb2 dxf2　　5. bxe1+

64：1. ef4! gf6　　2. fe5 fxd4　　3. cxe5 axc3　　4. dxb4 dxf4　　5. bxb8+

65：1. fg5! hxd4　　2. cxe5 dxd2　　3. bxf8 dc1　　4. ab4 cxd6　　5. fxa3+

66：1. fe5! fxb2　(1. … hxf4　2. exc7 dxb6　3. bxe3+)　2. gf2 hxf4

　　3. dc3 bxd4　　4. fe3 fxd2　(dxf2)　　　　5. exc7 dxb6　　6. bxh6+

67：1. cb4! exg3　　2. hg5 hxd2　　3. exe5 gxe1　　4. bc3 dxf4

　　5. bxe3 exb4　　6. axc3+

68：1. dc3! dxf2　　2. fg5 hxf4　　3. gxe5 fxd4　　4. cxe5 dxf4　　5. bxg1+

69：1. fe5! dxf2　(1. … dxf4　2. bxf8 dxf2　3. gxe1+)　2. gxe1 fxd4

　　3. hg5 hxf4　　4. de3 fxd2　(dxf2)　　　　5. exe5 dxf4　　6. bxc1+

70：1. hg5! fxh4　　2. fe3 hxd4　　3. dc3 exg3　　4. cxc7 dxb6　　5. bxh6+

71：1. gh4! exe1　　2. gf2 exg3　　3. hxf4 dxf2　　4. fe5 dxf4　　5. bxg1+

72：1. fg5! hxf4　　2. fg3 hxf2　　3. gxg5 fxh4　　4. de5 dxf4

　　5. cb6 axc5　　6. bxc1+

73：1. ef4! gxe3　　2. gf4 exg5　　3. de5 dxf4　　4. fg3 fxh2

　　5. cb6 axc5　　6. bxd2+

74：1. ed2! ef4　　2. gxe5 fxb2　　3. exa3! exe1　　4. ab6 axc5　　5. bxb6+

75：1. ef4! gxe3　　2. ab4 cxa3　　3. bc3 exc5　　4. cb4 fxd4　　5. bxh6+

76：1. fe5! dxf4　　2. exg5 hxf4　　3. gf2 gxe1　　4. cb4 exc3　　5. bxb4+

77：1. cb6! cxe5　(1. … exc5　2. dxb6 axc5　3. fxb6+)

　　2. cb4! exa1　　3. fxd4 axe5　　4. ab6 axc5　　5. bxb8+

78：1. fg3! hxf4　　2. de3 fxd2　　3. bc3 dxb4　　4. axe7 dxf6　　5.bxh4+

79：1. de5! fxd6　　2. hg5 hxf4　　3. de3 fxb4　　4. axe7 dxf6　　5. bxh4+

80：1. bc3! exe1　　2. ef4 gxe3　　3. dxf4 exb4　　4. axe7 dxf6　　5. bxh4+

81：1. hg3! gxc1　　2. gf4 cxg5　　3. fg3 hxf2　　4. gxe3 gxb4

　　5. axe7 dxf6　　6. bxh4+

82：1. ba3! exc1　　2. gh4 exg3　　3. hxf2 cxh6　　4. fe3 hxb4

　　5. axe7 dxf6　　6. bxh4+

83：1. bc5! dxb4　(1. … exg3　2. cxe7 dxf6　3. bxf2+)　2. axc5! exg3

　　3. ef4 gxe5　　4. cd6 ed4　(4. … ef4　5. de7 dxf6　6. bxc1+)

　　5. de7 dxf6　　6. bxh4+

84：1. bc5 de3　　2. fg5! exc1　　3. gxe7 dxf6　　4. bxg5 cxh6

　　5. hg5 hxb6　　6. axc7+

85：1. cd6! exc5　　2. cb2 axe3　　3. fxb6 hxf2　　4. gxe7 dxf6　　5. bxg5+

86：1. cd4! exe1　　2. bc3! exb4　　3. ef4 gxe3　　4. fxb6 hxf2

　　5. axe7 dxf6　　6. bxe1+

87：1. hg5! exa5　(1. ··· fxf2　2. dxb6! hg7　3. cd6 fg1　4. ba7+)

　　2. cb6 fxf2　　3. bxe1 hg7　　4. ec3 gh6　　5. cd2+

88：1. bc5! exc1　(1. ··· exg5　2. cb6 cd6　3. bc7+)

　　2. hg5 fxh4　　3. hg3 cxg5　　4. cb6 hxf2　　5. bxe1+

89：1. cb4! axc5　　2. de3 dxf2　　3. exg3! hxf2　　4. bxh4 fe1

　　5. gf2 exg3　　6. hxf2+

90：1. fg5! hxf6　　2. ab4 cxa3　　3. cb4 axc5　　4. ed6 cxc3　　5. dxh6+

91：1. ed6! cxg3　　2. ef4 gxe5　　3. bc3 hxf4　　4. cb4 axc3　　5. dxe3+

92：1. ab6! cxa5　　2. fe5 dxf4　　3. exg5 hxf4　　4. cb4 axc3　　5. dxd2+

93：1. hg5! fxh4　　2. fe3 hxd4　　3. gf2! exg3　　4. cxe5 axc3

　　5. fxh4! dxf4　　6. dxb8+

94：1. ab6! cxa5　　2. cd4 exc3　　3. cb2! cxa1　　4. fg3 axc3

　　5. gxc7 dxb6　　6. dxd2

95：1. dc5! dxb4　　2. ef4 gxg1　　3. cd4 gxc5　　4. axc3 cxa5

　　5. cb4 axc3　　6. dxh6+

96：1. ed6! cxe5　　2. gf4! exg3　　3. cb6 axc7　　4. cb4 axe3　　5. dxh2+

97：1. fg3! axa3　(1. ··· hxb2　2. cxa3 axc5　3. bxb8+)

　　2. gf4! exg3　　3. cb4 axc5　　4. ed4 cxe3　　5. dxh2+

98：1. bc5! ba7　　2. cd6! exc5　(2. ··· cxe5　3. dxh4+)

　　3. de5 fxd6　　4. ed4 cxe3　　5. dxb4+

99：1. fe3! dxf4　　2. cb4 axc5　　3. de5 fxd6　　4. ed4 cxe3　　5. dxa7+

100：1. hg3! dxh2　　2. fg3 hxf4　(2. ··· hxf2　3. cxg1 cxe3　4. dxf8+)

　　3. de5 fxd6　　4. ed4 cxe3　　5. dxa7+

101：1. de5! dxf4　(1. ··· dxb4　2. ed6 exc5　3. cd4 cxe3　4. dxa3+)

　　2. cd6 exc5　　3. cd4 cxe3　　4. hg3 fxh2　　5. dxf8+

102：1. cd6! exc5　　2. de5 fxd6　　3. ed4 cxe3　　4. axe7 fxd6　　5. dxa3+

103：1. de5! fxd4　　2. cd6 cxe5　　3. ed2! ef4　(3. ··· gf4　4. fg3 fxh2

　　5. dxh6+)　　4. fg3 fxh2　　5. dxd6+

104：1. cb4! axc5　　2. ef6! exg5　　3. hg3 hxf2　　4. exg1 cxe3　　5. dxf8+

105：1. gf6! exg5　　2. cxe7 fxd6　　3. fg3 axc5　　4. gf4 exg3

　　5. ed4 ·cxe3　　6. dxc5+

106：1. fg5! hxf6　　2. cb4! ed6　　3. ef4 cxg5　　4. bc3 axc5

　　5. cd4 cxe3　　6. dxa7+

107：1. ef4! ce3　　2. ed6! exc5　　3. gxe7 fxd6　　4. bc3 exg5

　　5. cd4 cxe3　　6. dxa7+

108：1. de5! axc3　　2. ed6! cxg3　　3. cb6 hxf4　　4. cd2 axc5　　5. dxe3+

109：1. ab2! dxf4   2. ab4! cxa3   3. cb4 axc5   4. dc3 fxb4
　　5. ed2 cxe3   6. dxa3+

110：1. fg3! hxf4   2. dc3 fxb4   3. ed2 cxe3   4. axe7 fxd6   5. dxa7+

111：1. fg3! hxf4   2. dc3 fxb4   3. ed2 cxe3
　　4. axe7 fxd8 (4. ··· fxd6   5. dxa3+)   5. hxf6 gxe5   6. dxb8+

112：1. gf4! exg3   2. ed2! gxe1   3. gf2 exg3   4. cb6 axc5
　　5. cd4 cxe3   6. dxh2+

113：1. ab6! cd4 (1. ··· cb4   2. cxa5 axc5   3. gf4+)
　　2. gf4! gxe3 (2. ··· axc5   3. fxb4+; 2. ··· exg3   3. cxe5! axc5   4. fxh4 fxd4
　　5. hxh8+; 2. ··· dxb2   3. fxd6)   3. ed2 dxb2   4. axc3 axc5   5. dxb4+

114：1. cb4! axa1   2. fg3 hxd4   3. fe5 dxf4   4. cb2 axc3   5. dxd2+

115：1. cb4! axa1   2. fe5! fxd4 (2. ··· dxf4   3. gxe5 fxd4   4. hg5 hxf4
　　5. cb2 axc3   6. dxc1+)   3. hg5 hxf4   4. gxc7 dxb6
　　5. cb2 axc3   6. dxh6+

116：1. ab4! axa1   2. ef4 gxc5   3. hg3 fxd4   4. cb2 axc3   5. dxh6+

117：1. cd4! exc3   2. fg3! hxd4   3. ab2 cxa1   4. axe5 fxd4
　　5. cb2 axc3   6. dxd2+

118：1. gf4! gxc1 (1. ··· gxg1   2. hg5 fxh4   3. dxa5 gxb6   4. axh8+)
　　2. ed2 cxg1   3. hg5 fxh4   4. dxa5 gxb6   5. axh8+

119：1. fg5! hxf4   2. ab4 cxa3   3. cd2 axe3   4. fxd4 hxf2
　　5. gxg5 fxh4   6. dxa5+

120：1. fg3! hxf2   2. ef4! exg3   3. gxe3 fxh4   4. ef4 gxe5   5. dxa5+

121：1. ed4! gxg1   2. de3 hxf2   3. cb6 axc5   4. dxe1 gxb2   5. axc3+

122：1. ab4! cxa3   2. ed4 ba7   3. hg5 fxf2   4. gxe3! exg3
　　5. cb4 axc5   6. dxe1+

123：1. ed4! exg3   2. fe3! gf2   3. exg3 hxf2   4. cb4 axc3   5. dxe1+

124：1. de3! gxe1   2. ef4 gxe3   3. cd4 exa5   4. dxd2 axe1
　　5. gf2 exg3   6. hxf2+

125：1. dc3! bc5 (1. ··· gf2   2. ed4+; 1. ··· ef6   2. gf2! gxb4   3. axg5+)
　　2. ab4! cxa3   3. cb2 axc1   4. cb4 axc3   5. ed4 cxg5   6. dxf6+

126：1. cd4 exc3   2. ef2! cxe1   3. hg5 axc3   4. gh4 exe5
　　5. ed4 hxf4   6. dxf8+

127：1. fe5 fxd4   2. dc3 dxb2   3. ef4 gxe3   4. fxa1 hxf2   5. gxe3+

128：1. ab4! cxa3   2. cb4 axc5   3. fe5 fxd4   4. dc3 dxb2
　　5. ef4 gxe3   6. fxa1+

129：1. cb4! axc3   2. ab2! cxa1   3. fe5 axf6   4. ef4 gxe3   5. fxh4+

130：1. de5! axc3   2. cd6 exc5   3. ab2! cxa1   4. hg3 axf6
　　5. gf4 gxe3   6. fxh4+

131: 1. fg5! cxa1   2. gf6! exg5   3. dc5 axf6   4. cb6 axc5
　　 5. ef4 gxe3   6. fxh4+

132: 1. cd4! exc3   2. ab4 cxa5   3. cb6 axc5   4. gf4 gxe3   5.fxf6+

133: 1. bc5! exc3   2. ed4 cxe5   3. cd6 exc5   4. gf4 exg3
　　 5. hxf4 gxe3   6. fxh4+

134: 1. ed4! exa5 (1. ··· gxe3   2. dxa5+)
　　 2. cb6 axc5 (2. ··· gxe3   3. bxd2+)
　　 3. gf4 gxe3   4. fxf6 hxf2   5. gxe3+

135: 1. cb6! axc5   2. ef4 gxe3   3. bc3 dxb2   4. fxg5! hxh2   5. axc1+

136: 1. cb2! axc1   2. cb6! axc7   3. ab2 cxc5   4. cd4 exc3 (4. ··· cxe3
　　 5. fxa5 hxf2   6. gxe3+)   5. gf4 gxe3   6. fxa1+

137: 1. fe5! dxf6   2. ed4! cxc1   3. ab4 cxc5   4. gf4 gxe3   5. fxh4+

138: 1. ab4! cxa3   2. dc5 bxf6   3. cb4 axc5   4. ef4 gxe3   5. fxh4+

139: 1. ef4! gxe3   2. ab4! cxa3   3. dc5 bxd4   4. cb4 axc5
　　 5. bc3 dxb2   6. fxh4+

140: 1. ba3! de7   2. ed6! cxg3   3. cb4 axe5   4. ef4 gxe3   5. fxa5+

141: 1. cb6! axa3   2. cb4 axe5   3. ef4 gxe3   4. fxa5 hxf2   5. gxe3+

142: 1. de5! fxb2 (1. ··· fxb6   2. cb4 axe5   3. ef4 gxe3   4. fxh8 hxf2
　　 5. gxe3+)   2. cxa3 axc3   3. cd6 exc5   4. ef4 gxe3
　　 5. fxd8 hxf2   6. gxe3+

143: 1. cb2! cxa1   2. ed2! cxe5   3. dc3 axb6   4. ef4 gxe3
　　 5. fxa5 hxf2   6. gxe3+

144: 1. gf4! exg3   2. de5 fxd4   3. hxf6 exg5   4. fxf6 dxf2   5. exg3+

145: 1. dc5! bxb2   2. cxa3 axc3   3. ed4 cxe5   4. gf4 exg3 (gxe3)
　　 5. fxa5+

146: 1. ab6! cxc3   2. hg3 dxb4 (2. ··· dxb6   3. ed4)   3. axc5 dxb6
　　 4. ed4 cxe5   5. gf4 exg3 (gxe3)   6. fxa5+

147: 1. hg3! cxc1   2. ab2 cxe7   3. ef6 gxe5   4. gf4 exg3 (gxe3)
　　 5. fxa5+

148: 1. cb6! cd6   2. dc3! axc7 (2. ··· fxb4   3. hg3)   3. hg3! fxb4
　　 4. gf4 exg3 (gxe3)   5. fxc3+

149: 1. cb4 axc3   2. dxd6 exc5   3. fg3 hxf6   4. ef2 gxe3   5. fxh4+

150: 1. de5 axc3   2. cd6 exc5   3. fg3 hxf6   4. ef2 gxe3   5. fxh4+

151: 1. cb4! axc5   2. fg3 hxd4   3. ef2 gxe3   4. bc3 dxb2   5. fxa1+

152: 1. cb6! axc5   2. fg3 hxd4   3. cxg7 hxf6   4. ef2 gxe3   5. fxh4+

153: 1. cb4! axc3   2. ab2 cxa1   3. gf6 exe3   4. ef2 axf6   5. fxh4+

154: 1. fg3! gxc1   2. gf4 cxg5   3. cd4 cxe3   4. ef2 axc5   5. fxh4+

155：1. ef2！gh6 （1. … ba7　2. cb4+）

　　　2. cb4！exg3　　3. hxf2 axc5　　4. ef4 gxe3　　5. fxh4+

156：1. ef2！fxh4　　2. ed4 cxg5　　3. hg3 axc5　　4. gf4 gxe3　　5. fxf6+

157：1. ab4 bc5　　2. cb2！cxc1 （2. … exa3　3. cd4 cxe3　4. ef2 axc5

　　　5. fxh4+）　　3. cd4 exc5　　4. ef2 cxe3　　5. fxh4+

158：1. ed4！cxe3　　2. cb2 exc1　　3. ab4 cxc5 （3. … gxe3　4. ef2）

　　　4. ef2 gxe3　　5. fxf6+

159：1. fg3 hxf4　　2. cb6！axc5　　3. cd4 cxe3 （3. … exc3　4. gxe5 dxf4

　　　5. bxb8+）　　4. ef2 axc3　　5. fxd2+

160：1. ef4！exg3　　2. de5！fxb2　　3. dc3 bxd4　　4. gf2 axc3　　5. fxd2+

161：1.fg5！hxf4　　2. bc3 dxb2　　3. axc1 cxa3　　4. cb2 axc1

　　　5. ed2 cxe3　　6. exa5+

162：1. gf6！gxe5　　2. hg7 fxh6　　3. hg5 hxf4　　4. cb2 axc1

　　　5. ed2 cxe3　　6. fxd2+

163：1. ab4！cxa3　　2. de3！fxb4　　3. hg5 hxf4　　4. cd2 axe3　　5. fxd2+

164：1. bc5！dxd2 （1. … dxb6　2. cd2 axe3　3. fxa5+）

　　　2. cxc5 axc1　　3. cb6 axc5　　4. ed2 cxe3　　5. fxd8+

165：1. de3！fxd2 （1. … cxc1　2. exg5 hxf4　3. ed2 cxe3　4. fxb6+）

　　　2. hg3！cxc1　　3. gh4 dxb4　　4. hg5 hxf4　　5. ed2 cxe3　　6. fxd2+

166：1. fe5！cxa3　　2. ab6！axc5　　3. ef2 dxf4　　4. exg5 hxf4

　　　5. cb2 axe3　　6. fxh4+

167：1. dc3！hxf4　　2. cd2 axe3　　3. fg3！fxh2　　4. ef2 dxb2　　5. fxa1+

168：1. cb4！axc5　　2. ed4 cxc1 （2. … exc3　3. dxb8+）

　　　3. hg5 hxf4　　4. ed2 cxe3　　5. fxb6+

169：1. fe5！dxf4　　2. ed4 cxc1　　3. cb4 axc5　　4. ed2 cxe3　　5. fxh4+

170：1. fe5！dxf4　　2. cb2 axc1　　3. cb4 axe5　　4. ed2 cxe3　　5. fxa5+

171：1. de5！fxd4　　2. cxe5 axa1　　3. gh2 axf6　　4. cb2 fxa1

　　　5. dc3 axg3　　6. fxa5+

172：1. dc5！bxd4　　2. cxc7 axa1　　3. gh2 dxb6　　4. dc3 （cb2）axg3

　　　5. fxa5+

173：1. de5！fxd4　　2. cb2！axc1　　3. ab2 cxg3　　4. exc5 bxd4

　　　5. fxd8 dxf2　　6. fxe3+

174：1. ef2！ba5　　2. dc5！ac3　　3. fg3 dxb4　　4. ed4 cxe5

　　　5. fxh6 hxf4　　6. hxh4+

175：1. gf2！axe5　　2. ed4 exc3 （2. … dxb4　3. fxh6 hxf4　4. hxa5+）

　　　3. fe3 dxb4　　4. ed4 cxe5　　5. fxh6 hxf4　　6. hxa5+

176：1. dc5！bxd4　　2. cxc7 axa1　　3. fg3 dxb6　　4. ed4 axe5　　5. fxh6+

177: 1. ef4! exc3   2. ab2! cxa1   3. ab4 axc3   4. cb2 cxa5
      5. bxd4 axe5   6. fxh6+

178: 1. cb6! axe3   2. hg3 axc3   3. gf4 fxd4   4. fxf4 cd6
      5. fxc7 bxd6   6. ab4! +

179: 1. ab6! cxa5   2. ab4 dxb2   3. de3 axc3   4. gf6 exg5   5. fxc1+

180: 1. fe5! dc3   2. de3 cd2   3. ed4! cxg1   4. cxe3 gxc5 (4. ··· gxd4
      5. exc7+)   5. ed6 cxe7   6. fxe1+

181: 1. cb6 axc5   2. fg3! hxf2   3. cd4! cxg5 (3. ··· axc3 4. dxa5+)
      4. ef6 axc3   5. fxf6+

182: 1. ef2! gxe1   2. hg3! hxf2   3. cd4 exa5   4. ab4! axg5
      5. ef6 dxb4   6. fxf6+

183: 1. fg5! hxf4 (1. ··· dxf4 2. gxe3)
      2. ef6 exg5   3. bc5 dxd2   4. de5 fxd6   5. hxe1+

184: 1. ab6! cxc3   2. ab4 cxa5   3. fe3 dxb4   4. gf4 exg3   5. hxa3+

185: 1. cd4! axc3   2. ed6! exc5   3. fg3! hxf2 (3. ··· cxe5 4. gf4 exg3
      5. hxa3+)   4. exg3 cxe5   5. gf4 exg3   6. hxa3+

186: 1. dc3! fxd2   2. cb6 axa3   3. gh2 dxb4   4. hxa5 ab2
      5. ac3 bxd4   6. ed2+

187: 1. dc3! fxd2   2. cd6 cxe5   3. bc5 dxd6   4. gh2 exc3   5. hxd2+

188: 1. gf6! exg5   2. dc5 bxb2   3. dc3 bxd4   4. gh2 axc3   5. hxd2+

189: 1. bc3 de7   2. ef6! exg5   3. cb2! axc5   4. gh2 bxd2   5. hxe1+

190: 1. ed6! cxe5   2. gf4 exg3   3. cb4 axe5   4. gh2 bxf2   5. hxg1+

191: 1. gf4! exg3   2. de5 fxb2   3. dc3 bxd4   4. gh2 axc3   5. hxd2+

192: 1. gf4! exg3   2. cb4! axa1   3. ed4 axe5   4. gh2 dxb4   5. hxa5+

193: 1. ef4! exg3 (1. ··· gxe3 2. dxf4 exg3 3. cd4 axe5 4. gh2 dxb4
      5. hxh6+)   2. cd4! axe1 (2. ··· axe5 3. gh2 dxb4 4. hxf4+)
      3. cd2! exe5   4. gh2 dxb4   5. hxa5+

194: 1. ab2! axc1   2. ef4 exg3 (2. ··· gxe3 3. dxh6+; 2. ··· cxe3 3. fxc1+)
      3. gh2 cxg1   4. hxc5! gxb6   5. axc5

195: 1. gf4! exg3   2. cd4 axe5   3. gh2 gf4 (3. ··· ef4 4. fe3 fxd2
      5. hxa7+)   4. fe3 fxd2   5. hxh6 hg3   6. cxe3 gh2   7. ef2+

196: 1. gf4! exg3   2. cd6 cxe5   3. gh2 ef4   4. bc3 fxb4   5. hxa3+

197: 1. dc5! dxb4   2. axc3! cxa5   3. cb4 axc3   4. ed4 cxe5
      5. gh2 ef4 (gf4)   6. de3+

198: 1. ed6! cxe5   2. gh2 ef4 (2. ··· gf4 3. de3 fxb4 4. hxh6+)
      3. cb4! cxa3   4. de3 fxd2   5. hxb4! axc5   6. exc3+

199: 1. bc5! bxd4 (1. ··· dxb4 2. axa7+)   2. exe7 fxd6
      3. ab6 cxa5   4. ab4 axc3   5. ed2 cxg3   6. hxa3+

200：1. cb4! dc7　　2. cb6! cxc3　　3. cd2 cxe1　　4. gf2 exg3　　5. hxc5+

201：1. dc5! bxb2　　2. dc3 bxd4　　3. ef2 axc3　　4. cd2 cxe1

　　5. gh4 exg3　　6. hxe3+

202：1. dc5! bxb2　　2. dc3 bxd4　　3. exc5 axc3　　4. ed2 cxg3　（4. ⋯ dxb4

　　5. axc5)　　5. hxf8 dxb4　　6. axc5+

203：1. dc5! bxb2　（1. ⋯ fxb2　2. ab4）

　　2. ab4! fxd4　　3. cxa3 axc3　　4. ed2 cxg3　　5. hxe3+

204：1. dc5! bxb2　（1. ⋯ fxb2　2. hg3）　　　　2.hg3 fxd4

　　3. gh2 axc3　　4. ed2 cxe1　　5. gh4 exg3　　6. hxc1+

205：1. dc5! bxb2　　2. cxc5 dxb4　　3. ed4 exe1　　4. gh4 exg3　　5. hxa3+

206：1. bc3! dxb2　　2. axc1 cxa3　　3. ed4 exc3　　4. cd2 cxg3　　5. hxc5+

207：1. cd4! exc3　　2. ef2 cxe1　　3. cb2 axc3　　4. bxb6 cxa5

　　5. gh4 exg3　　6. hxc5+

208：1. cd4! exg3　　2. hxd6! axc3　　3. de5 cd2　　4. eg3 hxf2　　5. gxc1+

209：1. cd4! exe1　（1. ⋯ axe1　2. gh4）　　　　2. gh4 axc3

　　3. cd2 exg3　　4. hxc5! cxe1　　5. cf2 exg3　　6. hxf2+

210：1. cb4! exe1　（1. ⋯ axe1　2. dc5）

　　2. bc5! bxd4　（2. ⋯ dxb4　3. gh4 exg3　4. hxa3+）

　　3. exe7 fxd8　　4. gh4 exg3　　5. hxf8+

211：1. ab2! axa1　　2. dc3! dxb2　　3. ab4 cxa3　　4. ed4 exc3

　　5. ed2 cxg3　　6. hxc5+

212：1. ab6! cxa7　（1. ⋯ cxc3　2. ed2 cxg3　3. hxf8+）

　　2. ed4 exa5　　3. ab4 axc3　　4. ed2 cxg3　　5. hxb4+

213：1. ef4! gxe5　　2. cd4! exc3　　3. ef2 cxg3　　4. gh2 axc3　　5. hxe1+

214：1. ed6! cxe7　　2. ab4 axe5　　3. ed4 exc3　　4. ed2 cxg3　　5. hxd6+

215：1. cb6! cxa5　　2. cb4! axe5　　3. fxd4 exc3　　4. ed2 cxe1

　　5. gf2 exg3　　6. hxd6+

216：1. cb4! exc3　　2. ab6! c3xa5　（2. ⋯ c7xa5　3. ed4 cxe5　4. de3 axc3

　　5. ed2 cxg3　6. hxh2+）　　　　3. dc3 axc5　　4. cb4 axc3

　　5. ed2 cxg3　　6. hxb8+

217：1. de3 fg5　（1. ⋯ gh6　2. hg3+）　　2. cb4! axc5　　3. ef4 exe1

　　4. gf2 exg3　　5. hxa3+

218：1. cb4! axc5　　2. dxb6 axc5　　3. ed6 cxe5　　4. ab6 cxa7

　　5. ed4 exg3　　6. hxa3+

219：1. ed6! cxe5　　2. gf4! exe1　　3. ed4 cxe3　　4. ab4 axc3

　　5. bxf2 exg3　　6. hxd6+

220：1. gf4! exg5　　2. bc3 dxb2　　3. ab6 cxc3　　4. ed2 cxe1

　　5. gf2 exg3　　6. hxc1+

221：1. cd6! axc3　　2. hg5! fxh4　　3. de7 fxd6　　4.gf4 exg5

　　　5. ed2 cxg3　　6. hxe3+

222：1. cd4 cb6　　　2. ef4 cxg5　　3. ab4 axc3　　4.ed2 cxe1

　　　5. gf2 exg3　　6. hxa7+

223：1. fg5! fxh4　　2. cd4 cb6　　3. ef4 cxg5　　4. ab4 axc3

　　　5. cd2 cxg3　　6. hxa7+

224：1. fg5! hxf4　　2. gxc7 bxd6　　3. ef4 cxg5　　4. ab4 axe1

　　　5. gf2 exg3　　6. hxa7+

225：1. cd6! exc5　　2. gxe7 fxd6　　3. ef4 cxg5　　4. ab4 axc3

　　　5. ed2 cxg3　　6. hxa3+

226：1. cd4! exe1　(1. ⋯ exg3　2. dxb6 axc7　3. axe7 fxd6　4. hxf4+)

　　　2. ed4 cxg5　　3. axe7 fxd6　　4. gf2 exg3　　5. hxc5+

227：1. ef4! gxe3　　2. dxf4 cxg5　　3. cb4 axc3　　4. cd2 cxg3　　5. hxa7+

228：1. fe5! axc3　　2. ed2! cxe1　　3. gf4 exg3　　4. ed4 cxg5

　　　5. hxf8 dxf4　　6. fxh2+

229：1. ab4! bxd4　　2. gf4 exe1　(2. ⋯ gxe3　3. bc5 dxb6　4. fxd8+)

　　　3. cxe5 axa1　　4. ef6! axg7　　5. gf2 exg3　　6. hxd6+

230：1. de3! fxb4　　2. ba3 exc3　　3. axc5 dxb4　　4. ed2 cxe1

　　　5. gf2 exg3　　6. hxa3+

231：1. cb4! exa1　　2. cb2 axf2　　3. exc7 dxb6　　4. ab4 axe1

　　　5. gf2 exg3　　6. hxa7+

232：1. de3! fxd2　　2. cb6! axc5　　3. gf4 exe1　(3. ⋯ gxe3　4. fxe1+)

　　　4. gf2 exg3　　5. hxe1+

233：1. de3! fxb4　　2. bc3 bxd2　(dxb)

　　　3. cxe7 fxd6　　4. gf4 exe1　　5. gf2 exg3　　6. hxc5+

234：1. gh4! dxb4　　2. cd4 exc3　　3. ef2 cxg3　　4. axc3 fxb4　　5. hxa3+

235：1. cd4! exc3　　2. gxe5 dxf4　(2. ⋯ fxf2　3. hxg1+)

　　　3. ef2 cxg3　　4. axc3 fxb4　　5. hxb8+

236：1. ab6! cxa5　　2. cb4 axe1　　3. cb2 fxd2　　4. gf2 exg3　　5. hxe1+

237：1. ab6! cxa5　　2. ef2 dxb6　　3. ab4 cxg3　　4. cb2 fxd2　　5. hxe1+

238：1. ab6! cxa5　　2. cb4 axe1　　3. cd6 fxd2　　4. dc7 bxd6

　　　5. gf2 exg3　　6. hxe1+

239：1. cd6 hg7　　　2. de7! fxd6　　3. cb4 axg3　　4. ab2 fxd2　　5. hxe1+

240：1. bc3! cxa3　　2. cd4! exe1　　3. gf2 exg3　(3. ⋯ fxd2　4. cex3 exg3

　　　5. hxc5)　　4. ab2 fxd2　　5. hxe1+

241：1. cd4! dxf4　　2. de5 fxd6　(2. ⋯ axg3　3. cb2 fxd6　4. hxa7+)

　　　3. de3 axc3　　4. cd2 cxg3　　5. hxa7+

242: 1. ba3! bxf4   2. de5 fxd6   3. ab4 axc3   4. cd2 cxe1
    5. gf2 exg3   6. hxa7+

243: 1. cd4! exc3   2. gxe5 fxb6   3. axc7 bxd6   4. ed2 cxg3   5. hxc5+

244: 1. ab6! cxa5   2. cd4 exc3   3. gxc7 bxd6   4. ed2 cxe1   5. gf2

245: 1. gf2! cxa3   2. ed4 exe1   3. gxc7 bxd6   4. ab2 exg3   5. hxc5+

246: 1. cd4! exa1   2. gxc7 dxd4   3. cb2 axc3   4. ed2 cxg3   5. hxf2+

247: 1. cd4! exe1   2. gxc7 bxb4 (2. ··· dxd4   3. ab6 exg3   4. hxf2+)
    3. axc3 exa5   4. cd2 axg3   5. hxd6+

248: 1. ab4! cxa3   2. cd2 axc1   3. cb4! axe1   4. ed4 exc3
    5. fe3 cxf4   6. gxc7 dxb6   7. gf2 exg3   8. hxe1+

249: 1. ab6! cxa5 (1. ··· axa3   2. cb4 axc5   3. dxd8+)
    2. de5 fxb2   3. dc3 bxd4   4. exc5 axc3   5. ed2 cxg3   6. hxd6+

250: 1. bc3! dxb2   2. dc3 bxd4   3. ab6 cxc3   4. ed2 cxg3   5. hxc5+

251: 1. ba3! dxb2   2. dc3 bxd4   3. ab4 axc3   4. ed2 cxg3   5. hxh6+

252: 1. cb4! axa1   2. cb6 cxa5   3. dc3 axd4   4. ab4 axc3
    5. ed2 cxg3   6. hxa7+

253: 1. dc5! bxd4   2. ba3 dxb2   3. dc3 bxd4   4. ed2 axg3   5. hxc5+

254: 1. ed6! cxe5 (1. ··· exe3?!   2. dxf8 fe5   3. ab4 hg7   4. gxh6 ed4
    5. cxe5 axa1   6. hf8!)   2. dc5 bxd4   3. cb4 axa1
    4. cb2 axe1   5. gf2 exg3   6. hxc5+

255: 1. dc5! bxb2   2. axc1 axc3   3. cd2 cxe1   4. gf2 exg3   5. hxc5+

256: 1. ed6! cxe5   2. ab4! cxa3   3. cd2 axc1   4. cb4 axg3
    5. hxh6 cxf4   6. hxa7+

257: 1. ba3! bxd4   2. ab4! axe1   3. gf4 gxe3 (3. ··· exg3   4. hxe3 exg3
    5. gh2!)   4. ab2 axg3   5. hxc1+

258: 1. cb4! axc3   2. ed2 cxe1   3. hg5! hxd2   4. gh4 exg3   5. hxc1+

259: 1. de3! cxa5   2. ab4 axc3   3. cd2 cxe1   4. hg5! hxd2
    5. gh4 exg3   6. hxc1+

260: 1. gf4! cxa1   2. fxf8 axe5   3. fb4! axc3   4. cd2 cxe1
    5. gf2 exg3   6. hxb8+

261: 1. gh6 fg3   2. hxb4! axe1   3. ef4 gxe5   4. gh2 exg3   5. hxd6+

262: 1. cd4! ec3   2. gxe5 axc5   3. ed6 cxe5   4. cd2 cxg3   5. hxh6+

263: 1. ab6! axa5 (1. ··· axa5   2. bxh6+)
    2. de3 fg2   3. ce1 axc3   4. ed2 cxg3   5. hxc1+

264: 1. cb6! cxa5 (1. ··· fxd2   2. hxh8+; 1. ··· axc5   2. bxh6 fxd2   3. hxc1+)
    2. gf2 fxd2   3. cxe1 axc3   4. ed2 cxg3   5. hxd6+

265: 1. hg5! hxf4   2. de3 fxd2   3. ce1 axc3   4. ed2 cxe1
    5. eh4 eg3   6. hxh6+

266：1. ab4! bxd4　　2. de3 fxd2　　　3. cxe1 axc3　　4. ed2 cxg3　　5. hxh6+

267：1. de3! fxd2　　2. cxc5 bxd4　　　3. ab6 cxa3　　　4. ed2 cxe1

　　　5. gh4 exg3　　6. hxh6+

268：1. bc5! dxd2　　2. cxg5 gxf6　　　3. ab4 axc3　　　4. ed2 cxe1

　　　5. gh4 exg3　　6. hxh6+

269：1. de3! fxd2　　2. cxe1 axc3　　　3. gf2 dxb4　　　4. ed2 cxg3　　5. hxh6+

270：1. bc5! dxb4　　2. de3 fxd2　　　3. exa5! gxe1　　4. gf2 exg3　　5. hxf8+

271：1. cb2! axf4　(1. ⋯ axe3　2. fxa5+)

　　　2. fe3 fxa5　　　3. ed2 axe1　　　4. gf2 exg3　　5. hxb8+

272：1. cd4! cb6　(1. ⋯ cb4　2. ed6! cxc3　3. ed2 cxg3　4. hxd6+)

　　　2. cb2! axd6　3. fg3 hxf2　(cxe3)

　　　4. exg3 cxe3　5. gf4 dxg3　6. hxg1+

273：1. cb4! exc3　　2. ef2! cxe1　　　3. ab6 exc7　　　4. fe3 dxb4

　　　5. gf4 dxg3　　6. hxa3+

274：1. cb2! axc1　　2. ab2! cxa3　　　3. cd4 cxe3　　　4. axc5 axd6

　　　5. gf4 dxg3　　6. hxg1+

275：1. cb4! axc5　　2. fe5 dxf4　　　3. dc3 fxb4　　　4. de5 fxd4　　5. hxf6+

276：1. cd4! de7　　2. ab6! cxa5　　　3. cb6 axc7　　　4. dc3 fxb4

　　　5. de5 fxd4　　6. hxe5+

277：1. gh4 cd6　　2. cb6! axc7　　　3. fe5 dxb4　　　4. de5 fxd4　　5. hxf6+

278：1. gh4! hg5　　2. dc7! bxd6　　　3. cb6 axc7　　　4. bc5 dxd2

　　　5. de5 fxd4　　6. hxc1+

279：1. gf4! exb4　　2. cb6 axc7　　　3. axc5 dxb4　　4. de5 fxf2　　5. hxh4+

280：1. gf4! exb4　　2. cb6 axc7　　　3. cb2 axf4　　　4. de5 fxd4　　5. hxh2+

281：1. de5! fxb2　(1. ⋯ gxe1　2. cd4 exc3　3. dxb2 fxd4　4. hxh8+)

　　　2. hxh8 gxc3　3. cxc5 ce1　　4. cd6 cxe5　　5. hxc3 exb4　　6. axc3+

282：1. ef2! axc1　　2. hg3 fxh2　　　3. de5 fxd4　　　4. exa7 cxg1　　5. hxb6+

283：1. cb2! axc1　　2. hg3 fxh2　　　3. de5 fxb4　　　4. exa7 cxg1　　5. hxh6+

284：1. dc5! dxb4　　2. cd4! exe1　　　3. cd2 exc3　　　4. bxd4 fxd2

　　　5. de5 fxd4　　6. hxc1+

285：1. cb4! axc3　　2. bxd4 exc3　　　3. gf4 gh6　　　4. fe5 fxf2　　5. hxh4+

286：1. cb4! exa5　　2. ab4! axc3　　　3. gf4 gh6　　　4. fe5 fxf2　　5. hxh4+

287：1. de5! dxf4　　2. fg3 fe3　　　3. bc3! bxd2　　　4. gf4 gh6　(4. ⋯ de1

　　　5. fxf2! exg3　6. hxf4+)　　　5. fe5 fxd4　　6. hxe1+

288：1. de5! dxf4　(1. ⋯ fxf2　2. hxh8 fg1　3. de3 gxd4　4. hxa1)

　　　2. bxd6 cxe5　3. axc7 bxd6　　4. dc3 fxb4　　5. axe7 fxd8　　6. hxh8+

289：1. gf4! exe1　　2.ed4! cxe3　　　3. ba5 exb4　　　4. axe5 fxd4

　　　5. axc5 dxb6　　6. hxa5+

290：1. cb4! exa5　2. gf2 bxd4　3. fe3 dxf2　4. exe5 fxd4　5. hxg1+

291：1. fg3! hxf4　2. cb4 exa5　3. gf2 bxd4　4. fe3 fxd2

5. exe5 fxd4　6. hxg1+

292：1. hg3! fxh2　(1. … bxb4　2. gxc3+)　2. fg3 bxf2　(2. … hxf4　3. ab2)

3. ab2 hxf4　4. exe5 fxd4　5. hxd8+

293：1. ab2! exa1　2. fg3 hxf4　3. cb2 axf2　4. exe5 fxd4　5. hxe3+

294：1. de5! dxf4　2. ab2! axa1　3. cb2 axf2　4. exg7 hxf8　5. hxa5+

295：1. ab4! cxc1　2. dc3 cxf4　3. cd4 exc3　4. gxg7 hxf8　5. hxd2+

296：1. cb2! axf4　2. cb4 exa5　3. fg3 bxd4　4. gxg7 hxf8　5. hxf2+

297：1. bc5! exc1　2. ab4 cxa3　3. cd6! axe7　4. cd4 exc3

5. gxg7 fxh6　6. hxd2+

298：1. ab4! cxc1　2. cd4 exc3　3. dxb4 cxf4　4. fg3 axc3

5. gxg7 hxf8　6. hxd2+

299：1. hg3! fxh2　2. de3 bxf4　3. fg3 exc3　4. gxe5 fxd4　5. hxg1+

300：1. ab4! cxa3　2. fg3 fxd2　3. cxe3 axf4　4. gxe5 fxd4　5. hxf2+

301：1. cb4! cxc1　2. ef2 axc3　3. bxd4 exc3　4. fe3 cxf4

5. gxe5 fxd4　6. hxd2+

302：1. ab4! cxa3　2. de5! dxb4　3. cb2 axc1　4. fe3 cxf4

5. gxe5 fxd4　6. hxh8+

303：1. cb2! axc1　2. ef4! cxg5　(2. …cxg5　3. de5 fxd4　4. hxh8+)

3. de3 cxf4　4. gxe5 fxd4　5. hxh8+

304：1. cd4 exe1　(1. … exa5　2. dc3! dxd2　3. ab4 axc3　4. fe3 dxf4

5. gxg7 hxf8　6. hxe1+)　2. fe3 exa5　3. ab4 axf4

4. gxg7 hxf8　5. hxa5 dxb4　6. axc3+

305：1. bc7 bxd6　2. fg3 hxf4　3. de5 fxf2　4. exc7 dxb6　5.hxa5+

306：1. bc7! cxb6　2. de5 dxf4　3. ab4 axa1　4. cb2 axf2

5. exe5 fxd4　6. hxa5+

307：1. dc5! bxd4　2. cxc7 axa1　3. ed2 dxb6　4. fe5 fxd4　5. hxa5

308：1. dc3! fe5　2. cd2! exe1　3. cxc7 dxb6　4. ef4 exa5　(4. … exc3

5. bxd4 cxg5　6. hxa5+)　5. bc3 axg5　6. hxa5+

309：1. fg3 hxf4　2. ba5 dxd2　3. axc7 dxb6　4. cxe3 fxd2

5. de5 fxd4　6. hxe1+

310：1. bc7! bxd6　(1. … dxb6　2. de5 fxd4　3. hxh8+)

2. dc3 bxd2　3. cxe3 axf4　4. gxc7 dxb6　5. de5 fxd4　6. hxa5+

311：1. dc3! axc5　2. cd4! cb4!　3. cb2 af4　4. gxc7 dxb6

5. de5 fxd4　6. hxe5+

312: 1. dc3 bxd2   2. fe5! fxf2 (2. ⋯ d6xf4   3. gxg7 dxf4   4. hxf6 exg5
5. gf2；2. ⋯ d2xf4   3. exc7 dxb6   4. gxg7+)   3. gxe3 dxf4
4. gxc7 dxb6   5. hxa5+

313: 1. ab4! cxa3   2. cd4 exc3   3. dxb4 axc5   4. ed4 cxe3
5. gf4 exg5   6. hxa5+

314: 1. fg5! fe7   2. hg7! fxh8   3. gf6 exg7   4. cd4 cxe3
5. gf4 exg5   6. hxb6+

315: 1. hg7! fxh8   2. gf6 exg7   3. ed4 cxe3   4. cb4! axc3 (4. ⋯ axc5
5. gf4 eg5 6. hf2+)   5. gf4 exg5   6. hxe1+

316: 1. cd4! exa5   2. ab4 axc3   3. hg3 dxb4   4. cb2! cxa1
5. gf4 exg5   6. hxh8+

317: 1. de3! fxd2   2. hg3 cxe3   3. bc3 dxb4   4. axc5 bxd4
5. gf4 exg5   6. hxe3+

318: 1. dc3! bxf4   2. fe3! fxd2   3. hg3 cxe3   4. gf4 exg5   5. hxe1+
319: 1. fg5! hxb4   2. fg3 cxe3   3. axc5 bxd4   4. gf4 exg5   5. hxe3+
320: 1. fe5! bxb4   2. hg3 cxe3   3. axc5 bxd4   4. gf4 exg5   5. hxe3+
321: 1. ef2! dxb6   2. fg3 axc5   3. ed4 cxe3   4. gf4 exg5   5. hxa5+
322: 1. cb4! ba5 (1. ⋯ gf6   2. ba5 hg5   3. hg3+; 1. ⋯ ef6   2. ba5 hg8
3. hg3 gh6   4. ab4+)   2. cb6! axe3   3. hg3 axc3
4. gf4 exg5   5. hxe1+

323: 1. ab6! cxe5 (1. ⋯ bxd2   2. bxc1+)
2. ed6! exc5   3. cd4 cxe3   4. gf4 exg5   5. hxh8+

324: 1. fe5! fg7 (1. ⋯ de7   2. eg7 fxh6   3. ef4 cxg5   4. hxd8+)
2. ef4 cxg5   3. ab4 fxd4   4. cxe5! axa1   5. hxh8 axf6   6. hxa7+

325: 1. dc3! bxf4   2. gxe5 cxe3   3. hg3 fxd4   4. gf4 exg5   5. hxa5=
326: 1. cb2! axf4 (1. ⋯ axg5   2. de5 fxd4   3. hxa5+)   2. gxg7 cxe3 (2. ⋯ hxf8
3. hg3)   3. hg3 hxf8   4. gf4 exg5   5. hxa5+

327: 1. hg7! fxh6 (1. ⋯ fxh8   2. ef4 cxg5   3. hc3+)   2. bc3 bxf4
3. gxg7 cxe3   4. hg3 hxf8   5. gf4 exg5   6. hxa5+

328: 1. hg7! fxh6 (1. ⋯ fxh8   2. ef4 cxg5   3. hxe1+)
2. cb2 axf4 (2. ⋯ axg5   3. de5)   3. gxg7 cxe3 (3. ⋯ hxf8   4. hg3)
4. hg3 hxf8   5. gf4 exg5   6. hxc1+

329: 1. ed4! cxg5   2. cb2! cxe3 (2. ⋯ cxf4   3. fg3 bxd2   4. gxe5 fxd4
5. hxc1+)   3. fxd4 bxd2   4. de5 fxd4   5. hxc1+

330: 1. dc3 bxd2   2. ed4 cxg5   3. cxe3 axf4   4. gxe5 hxd4   5. hxg1+
331: 1. cd4! ba3   2. dc3 cb6   3. axc7 dxb6   4. cb4 axc5
5. ef4 cxg5   6. hxa5+

332：1. fg7! fxh8 （1. … ag5　2. gxc7 dxb6　3. hxa5+）
　　　2. de5 axc5　　3. exc7 dxb6　　4. cd4 cxg5　　5. ha5+

333：1. de3! bxd2　2. ab6 axc5　　3. ed4 cxg5　　4. cxe3 axf4
　　　5. gxc7 dxb6　6. hxa5+

334：1. cb4! axe1 （1. … cxa3　2. gh4+）　2. cb2 fxd2
　　　3. bc3! dxb4　4. gh4 exg3　5. hxd6 cxe7　6. hxc3+

335：1. hg3! axe1　2. gh4 exg3　　3. fxh2 dxd2　　4. de5 fd4　　5. hxc1+

336：1. ba5! cxe1　2. gh4 exg3　　3. hxd6 cxe5　　4. axc7 bxd6　5. hxd4+

337：1. fe5! cxe3　2. gf4 exg5 （2. … fxd4　3. cxe5 exg5　4. hxh8+）
　　　3. ab4 fxd4　4. cxe5 axa1　5. hxh8 axf6　6. hxa7+

338：1. hg3! exc1　2. gh4 cxg5　　3. ab4 fxd4　　4. cxe5 axa1
　　　5. hxh8 axf6　6. hxa7+

339：1. fg3 fe3　　2. gf2! exg1　　3. ab6 cxc3　　4. gh4 dxb4 （4. … gxb6
　　　5. hxe1+）　5. axc5 gxb6　　6. hxe1

340：1. fg3! fe3　　2. ab6 cxa5　　3. ab4 axc3　　4. ef2 exg1
　　　5. gh4 gxb6　6. hxe1+

341：1. gf2! exg1 （1. … hxf4　2. fxb6 axc5　3. gxe5+）
　　　2. gf6! exg5　3. gh4 cxe7　　4. axc5 gxb6　5. hxa5+

342：1. hg3! axa1 （1. … axe5　2. gh4 dxb4　3. hxh8）
　　　2. gh4 axf6 （2. … dxb4　3. hxh8 axe5　4. hxh4+）
　　　3. fe3 dxb4　4. cb2 fxa1　5. hxh8+

343：1. fg3! hxf2　2. fe5 dxd2　　3. cxg3 axe5　　4. gh4 bxd4　　5. hxf2+

344：1. hg5! hxd2　2. fg3 cxe3　　3. gh4 axc5　　4. hg3 dxb4
　　　5. gf4 exg5　6. hxh8+

345：1. cb6! axc5　2. cd4 cxc1　　3. ab4! axc3　　4. gh6 cxg5　5. hxe1+

346：1. dc3! （1. bc3? ef6!　2. cxa5 fg5　3. hxf6 gxc3+）bxd2
　　　2. bc3 dxb4　3. cb2 axc1　　4. ed4 cxg5　　5. hxe1+

347：1. bc3! dxb2　2. dc3 bxd4　　3. fg3 dxf2　　4. cb2 axg5　5. hxg1+

348：1. cb2! axc1　2. cb4 axc3　　3. ed4 cxg5　　4. dxb2 dxf4　5. hxa5+

349：1. ed2! cxe1　2. cb2 axg5　　3. hxd8 exh4　　4. ef6 hxe7　5. dxh4+

350：1. fe3 gf2　　2. ef4 fe1 （2. … gf6　3. gxe3 fe5　4. bc3 exc7　5. ed4）
　　　3. bc3! exe7　4. cb2 axg5　　5. hxd8+

351：1. dc5! dxb4　2. dc3 bxd2　　3. cxe3 axc1　　4. ed4 cxg5　5. hxa5+

352：1. dc3! bxd2　2. cxe3 axc1　　3. dc5 bxd4　　4. exc5 cxg5　5. hxa5+

353：1. cd2! axc1　2. cb4 cxa3　　3. dc5 bxf2　　4. dc3 cxg5　5. hxg1+

354：1. gf6! exg7　2. ab2 axc1　　3. dc3 bxd2　　4. fg5 dxh6
　　　5. gf4 cxg5　6. hxh8+

355: 1. dc5! bxd6　　2. exc7 dxb6　　　3. fg5 hxh6　　　4. cb2 axc1
　　　5. ef4 cxg5　　6. hxa5+

356: 1. bc3! bxd2　　2. gh2 dxb4　　　3. fe5 dxd6　　　4. cb2 axc1
　　　5. gf4 cxg5　　6. hxh8+

357: 1. ab4! cxa3　　2. gh2 dxb4　　　3. ab2 axc1　　　4. gf4 exg3　(4. ⋯ cxg5
　　　5. hxh8+)　　5. hxf4 cxg5　　6. hxh8+

358: 1. cb2! axe3　(axf4)　　　　　2. ed2! exc1　(fxc1)
　　　3. cd4 exc3　　4. gf4 cxg5　　5. hxe1+

359: 1. ed4! cxe3　　2. cd2! exa3　　3. ab2 axc1　　　4. gf4 exg3　(4. ⋯ cxg5
　　　5. hxh8+)　　5. hxf4 cxg5　　6. hxh8+

360: 1. gh4! gxa3　(1. ⋯ exe1　2. hxb6 cxa7　3. cxc7+)
　　　2. ab2! axc1　　3. fg3 dxb2　　　4. gf4 exg3　(4. ⋯ cxg5　5. hxh8+)
　　　5. hxf4 cxg5　　6. hxa1+

361: 1. gh2! axf4　　2. dc5 bxd4　　3. fe3! dxf2　(3. ⋯ fxc1　4. hxf4 exg5
　　　5. hxg1+)　　4. ed2 fxc1　　5. hxf4 cxg5　　6. hxg1+

362: 1. ef2 exe1　　2. ab2 axc1　　3. ef4 cxg5　　4. hxa5 exb4　5. axh8+

363: 1. dc3! exg3　　2. ed2! gxe1　　3. cb2 axc1　　　4. ef4 cxg5
　　　5. hxa5 exb4　6. axh8+

364: 1. cd2! axc1　　2. ab6 exe1　　3. bc7 dxb6　　　4. ef4 cxg5
　　　5. hxa5 exb4　6. axh8+

365: 1. fe5! de3　　2. ab4! cxc1　　3. ed2 fxd4　　4. dxf4 cxg5　5. hxe3+

366: 1. fe5! de3　　2. ab4! cxc1　(2. ⋯ fxd4　3. bxd6 exc5　4. gf4 exg5
　　　5. hxh8+)　　3. ed2 fxd4　　4. dxf4 cxg5　　5. hxd8+

367: 1. cb2! exa3　　2. ab2 axc1　　3. gf6 exe3　　4. ed2 cxe7
　　　5. dxf4 cxg5　　6. hxe1+

368: 1. cd2! axc1　　2. ed4! c5xe3　(2. ⋯ gxe3　3. dxh4+; 2. ⋯ c1xe3
　　　3. dxh4 exg5　4. hxd8+)　　3. cd4 exc5　　4. gh4 gxe3　(4. ⋯ cxe3
　　　5. hxg1+)　　5. dxf4 cxg5　　6. hxg1+

369: 1. de5! axc3　　2. ed2! cxe1　(2. ⋯ dxb4　3. ed4)　3. ed4 dxb4
　　　4. cd2 exc3　　5. dxb2 axg5　　6. hxd2+

370: 1. ab4! cxa3　　2. cb2 axc1　　3. cd4 exc3　　4. gf4 cxg5　　5. hxd2+

371: 1. ed6! cxe5　　2. ed4 cxe3　　3. cd2 exc1　　4. cd4 exc3
　　　5. gf4 cxg5　　6. hxe1+

372: 1. hg5! ed4　(1. ⋯ gf6　2. gh4 exg3　3. hxf4 fe5　4. gf6! exg7　5. ed4 cxg5
　　　6. hxb6+)　　2. gf6! gxe5　(2. ⋯ exg5　3. gh4 dxf2　4. hxh8 cb4
　　　5. axc3 fg1　6. cb4 axc5　7. de3 gxd4　8. hxa1+)
　　　3. gh4 dxf2　　4. cb2 exg3　(4. ⋯ axg5　5. hxg1+)
　　　5. hxf4 axg5　6.hxg1+

373：1. fe3 gf2　　2. ef4! fe1　　3. ba5 exb4　　4. axc7 dxb6

　　5. bc3 bxg5　　6. hxa5+

374：1. hg7! fxh8　　2. cb2 axc1　　3. cb4 axc3　　4. gh6 cxg5　　5. hxe1+

375：1. de5! fxd4　　2. bc3 dxb2　　3. dc3 bxd4　　4. cb2 axg5　　5. hxe3+

376：1. ef2! ba3　　2. cb2 axc1　　3. de5 fxd4　　4. exc5 cxg5　　5. hxa5+

377：1. cb4! cxa3　　2. cb2 axc1　　3. de5 fxf2　　4. gxe1 cxg5　　5. hxa5+

378：1. ab4! cxc1　(1. … axc3　2. bxd8+)　　　　2. ed4 cxg5

　　3. de5 dxf4　(3. … fxd4　4. hxf2+)　　　　4. gxe5 fxd4　　5. hxf2+

379：1. cb2! axc1　　2. de5 fxf2　　3. hg3 cxg5　　4. hxa5 fxh4　　5. ac7+

380：1. ab4! cxa3　　2. ed4 de7　　3. de5! fxd4　　4. ab2 axg5　　5. hxe3+

381：1. cb6! axc5　(1. … axc7　2. de5 fxf2　3. ab2 axg5　4. hxg1+)

　　2. dxb6 axc7　3. ab2 axc1　4. ed4 cxg5　5. de5 fxd4　6. hxe3+

382：1. fe5! dxb4　　2. de5 fxd4　　3. cb2 axc1　　4. gf4 cxg5　　5. hxh8+

383：1. cb2! axc1　　2. ed2! cxa3　　3. ab2 cxe3　　4. fxd4 axc1

　　5. de5 fxd4　　6. gh6 cxg5　　7. hxe3+

384：1. ed2! fxd4　　2. fe3 dxf2　　3. dc3 bxd2　　4. cxg1 axg5　　5. hxh8+

385：1. gf2! dxb4　　2. de5 fxd4　　3. fe3 dxf2　　4. dc3 bxd2

　　5. cxg1 axg5　　6. hxd8+

386：1. dc3! bxd2　　2. de5 fxf2　　3. cxe3 fxd4　　4. ab2 axc1

　　5. gh6 cxg5　　6. hxe3+

387：1. dc3! bxd2　　2. cb2 axc1　　3. dc5 bxf2　(3. … fxf2　4. gxe3)

　　4. gxe3! fxf2　5. gxc3 cxg5　6. hxa5+

388：1. dc3! bxb2　　2. cxe3 axc1　　3. dc5 bxf2　(3. … fxf2　4. cxa7 cxg5

　　5. hxg1+)　4. hg3 fxd4　5. gxe1 cxg5　6. hxe3+

389：1. ab4! cxa3　　2. de5 fxb2　　3. dc3 bxd4　　4. exc5 bxd4

　　5. cb2 axg5　　6. hxe3+

390：1. dc5! bxb2　(1. … fxb2　2. axc3)

　　2. axc3 bxb2　3. dc3 bxb4　　4. cb2 axg5　　5. hxf2+

391：1. cb2! axc1　(1. … fxf2　2. exg3 axg5　3. hxh8+)

　　2. ed4 cxg5　3. cb4 axc3　4. dxb2 fxd4　5. hxh8+

392：1. fe5! fxd4　(1. … dxh2　2. bxb8+)　　　　2. dc3 dxb2

　　3. axc1 cxa3　4. cb2 axc1　5. gf4 cxg5　6. hxb6+

393：1. fe5! hxf4　　2. gxg7 fxh6　　3. cb2 axc1　　4. ef4 cxg5　　5. hxa5+

394：1. dc3! bxf4　　2. gxg7 fxh6　(2. … dxb4　3. hg3)　3. hg3 dxb4

　　4. cb2 axc1　5. gf4 cxg5　6. hxd2+

395：1. ab4! hxd2　(1. … cxf4　2. gxa7+)

　　2. exg7 cxc1　3. fg3 fxh6　4. gf4 cxg5　5. hxa5+

396： 1. de3! bc5　2. gf4! exb4　3. axg7 fxh6　4. cb2 axc1
　　　5. ef4 cxg5　6. hxe3+

397： 1. dc3! bxd2　2. hg3 dxb4　3. de5 fxf2　4. gxc7 dxb6
　　　5. cb2 axg5　6. hxa5+

398： 1. cb2! axc1　(1. … bxd4　2. cxc7 axc1　3. gh2 dxb6　4. ed4 cxg5
　　　5. de5 fxd4　6. hxa5+)　　2. ed4! cxg5　3. ba5 dxd2
　　　4. axc7 dxb6　5. de5 fxd4　6. hxe1+

399： 1. cb4! axc3　2. ed2! cxe1　3. cb2 axc1　4. gh4 exg3
　　　5. hxf4 cxg5　6. hxg1+

400： 1. gf6! exg7　2. ed2! axe1　3. cb2 axc1　4. gf2 exg3
　　　5. hxf4 cxg5　6. hxh8+

401： 1. ef6! gxe5　2. gh4 exe1　3. cb2 axc1　4. gf2 exg3
　　　5. hxf4 cxg5　6. hxd4+

402： 1. cd2! axc1　2. ed4! exe1　3. gh4 exg3　4. hxf4 cxg5　5. hxc3+

403： 1. ab2! axc1　2. ed4! cxe3　(2. … exg3　3. hxf4 cxg5　4. hxf2+)
　　　3. dxf4! exe1　4. gf2 exg3　5. hxf4 cxg5　6. hxb6+

404： 1. dc3! fe5　2. ab4! exe1　(2. … cxg5　3. hxh8 dxb2　4. hxa1+)
　　　3. cxa5 cxc1　4. gf2 exg3　5. hxf4 cxg5　6. hxd8+

405： 1. cb2! axc1　2. de5 fxd4　3. exc5 bxd4　4. gh4 cxg5　5. hxe3+

406： 1. ab4! cxc1　2. de5 fxd4　3. exc5 bxd4　4. gh4 cxg5　5. hxe3+

407： 1. gf2! axc1　2. de5 fxb2　3. dc3 bxd4　4. exc5 bxd4
　　　5. gh4 cxg5　6. hxe3+

408： 1. de5! fxd4　2. hg7! fxh6　3. dc3 bxd2　4. cxc5 bxd4
　　　5. gh4 cxg5　6. hxe3+

409： 1. cb4! cxa3　2. cb2 axc1　3. dc5 bxf2　(fxf2)
　　　4. exg3 fxd4　5. gh4 cxg5　6. hxg1+

410： 1. cd4! cxg1　(1. … cxg5　2. gh4 axc3　3. bxb6 axc5　4. hxh8+)
　　　2. ef2! axc3　(2. … gxg5　3. gh4)
　　　3. bxb6! axc5　(3. … gxg5　4. gh4)　　4. gh4 gxg5　5. hxh8+

411： 1. gh4! gxg1　2. dc3 bxd2　3. cxc5 gxb6　4. hg3 axc1
　　　5. gf4 cxg5　6. hxa5+

412： 1. dc5! ed2　2. cxe1 axc3　3. hg3! dxb4　4. ed2 cxe1
　　　5. gh4 exg3　6. hxh4+

413： 1. ef4! bc3　2. gf2! dxb4　3. cd2 cxe1　4. ab2 axg5
　　　5. gh4 exg3　6. hxh4+

414： 1. gf2! gxe5　2. ed4 exa5　3. ab4 axc3　4. hg3 dxb4
　　　5. ed2 cxe1　6. gh4 exg3　7. hxh4+

415： 1. bc5! cxe1　2. ab6 dxb4　3. bc7 dxb6　4. gh4 exg3　5. hxh8+

416: 1. dc5! axc3 2. fg3 dxb4 3. ab2! cxa1 4. gh4 axf6
  5. fe5 fxf2 6. hxh8+

417: 1. hg3! axc3 2. cd2 cxe1 3. ed4 exc3 4. gh4 exg3 5. hxh4+

418: 1. ed4! cxg5 2. cd4 exc3 3. cd2 cxe1 4. ab4 axc3
  5. gh4 exg3 6. hxh4+

419: 1. ed4! cxg5 2. cd4 exc3 3. ef2 cxe1 4. gh2 axc3
  5. gh4 exg3 6. hxh4+

420: 1. hg3! axe1 2. ed6! cxc3 3. fe5 fxb6 4. gh4 exg3 5. hxh4+

421: 1. cd4! exc3 2. cd2 cxe1 3. fe5 dxd2 4. gh4 exg3 5. hxh4+

422: 1. de5! fxb2 2. dc3 bxd4 3. ab4 axc3 4. cd2 cxe1
  5. gh4 exg3 6. hxh4+

423: 1. ef6! gxc3 2. dxb4 axc3 (2. ⋯ bxd4 3. hg3)
  3. hg3 bxd4 4. ed2 cxe1 5. gh4 exg3 6. hxh4+

424: 1. cb4! axe5 2. ed4 exc3 3. hg3 bxd4 4. ed2 cxe1
  5. gh4 exg3 6. hxh4+

425: 1. cb4! axe1 (1. ⋯ axe5 2. ef4 gxe3 3. dxb8+)
  2. de5 fxd4 3. exc5 bxd4 4. gh4 exg3 5. hxh4+

426: 1. ed6! axc1 (1. ⋯ cxe5 2. fxf8 axc1 3. fxa3) 2. dxb4! axe1
  3. ed4 cxg5 4. dc5 bxd4 5. gh4 exg3 6. hxh4+

427: 1. cd4! exc3 2. ef2 cxe1 3. bc5 bxd4 4. gh4 exg3 5.hxh4+

428: 1. bc5! ba7 2. de5! fxb2 (2. ⋯ bxb2 3. exg7 fxh6 4. dc3 bxd4
  5. ab4 axc3 6. cd2 cxe1 7. gh4 exg3 8. hxh4+)
  3. ab4! axe1 4. cxa3 bxd4 5. gh4 exg3 6. hxh4+

429: 1. cb4! exc3 2. gxg7 fxh6 (2. ⋯ bxd4 3. hg3) 3. hg3 bxd4
  4. ef2 cxe1 5. gh4 exg3 6. hxh4+

430: 1. ef6! gxa1 (1. ⋯ gxa5 2. gh4 bxd4 3. hxg1+)
  2. ba5 bxd4 3. cb2 axc3 4. ed2 cxe1 5. gh4 exg3 6. hxh4+

431: 1. cd4! exc3 2. cb6 axc5 3. ef2 cxe1 4. gh2 axc3
  5. gh4 exg3 6. hxh4+

432: 1. cb4! axe1 2. hg7 fxh6 3. cb2 axg5 4. gh4 exg3 5. hxh4+

433: 1. cb2! axc1 2. hg7 fxh6 3. cd4 exe1 4. ef4 cxg5
  5. gh4 exg3 6. hxh4+

434: 1. dc5! axe1 2. ed4 dxb4 3. de5 fxd4 4. gh4 exg3 5. hxh2+

435: 1. hg3! exg1 2. ef2 gxe3 3. bc5 dxb6 4. gf4 exg5 5. hxa5+

436: 1. de5! exg1 (1. ⋯ fxd4 2. hg3)
  2. hg3 fxd4 3. ef2 gxe3 4. gf4 exg5 5. hxg1+

437: 1. ed4! cxg1 2. axc5 bxd4 3. ef2 gxe3 4. gf4 exg5 5. hxe3+

438: 1. cd4! exc3   2. dxb4 axc3   3. ed4! cxg1 (3. ··· cxe5   4. ab4 cxa3

　　　5. ab2 cxg5   6. hxa5+)   　　4. ef2 gxg5   5. hxe1+

439: 1. bc5! ba5   2. gh2! exg1 (2. ··· dxb6   3. hxd2+)

　　　3. hxf4 dxb6   4. ab4 axc3   5. ef2 gxg5   6. hxd2+

440: 1. cd2! axa1 (1. ··· cxg5   2. hxf6 axc3   3. fxa1+)

　　　2. dc3 axd4   3. gf2 dxg1   4. ef2 gxg1   5. hxh8+

441: 1. cd2! axc1   2. de5 fxd4   3. exa3 cxg1 (3. ··· cxg5   4. hxh8+)

　　　4. ab4 axc3   5. ef2 gxg5   6. hxe1+

442: 1. fe3! fxd2   2. bc3 dxb4   3. axe7 fxd6   4. hxa3+

443: 1. de3! fxd2   2. ba5 dxb4   3. axc7 dxb6   4. axe7 fxd6   5. hxa7+

444: 1. hg5! fxh4   2. fe3 hxd4   3. ba3 dxb2   4. axe7 fxd6   5. hxc1+

445: 1. ef4! exe1   2. ba5 exb4   3. axc7 bxd6   4. axe7 fxd6   5. hxc5+

446: 1. hg5! fxh4   2. ef4 exg3   3. ef2 gxe1   4. bc3 exb4

　　　5. axe7 fxd6   6. hxa3+

447: 1. gf4! exg3   2. ef2 gxe1   3. de3 cxb4   4. ed4 cxe3

　　　5. axe7 fxd6   6. hxg1+

448: 1. gf4! exe1   2. ed4 cxe3   3. ba5 exb4   4. axe7 fxd6   5. hxg1+

449: 1. ed4! cxe3   2. dxf4 exg3   3. gxf2 gb4   4. axe7 fxd6   5. hxa3+

450: 1. cd4! exe1 (1. ··· exg3   2. hxh2+)   　　2. bc3 exb4

　　　3. ed4 gxe3   4. dxb6 axc7   5. axe7 fxd6   6. hxf2+

451: 1. cb6! cd6   2. dc5! dxd2   3. bc7 bxd6   4. bc3 dxb4

　　　5. axe7 fxd6   6. hxa3+

452: 1. cd2! gxe1   2. bc7! bxd6   3. de3 dxf2 (3. ··· exb4   4. exe7 fxd6

　　　5. hxa3+)   　　4. ba3 exb4   5. axe7 fxd6   6. hxg1+

453: 1. dc3! bxd2   2. cb6! axc7   3. gf6 exe3   4. bc3 dxb4

　　　5. axe7 fxd6   6. hxg1+

454: 1. ed4! cxc1   2. ed2 cxd6   3. gf2 gxe1   4. bc3 exb4

　　　5. axe7 fxd6   6. hxa3+

455: 1. fe3! cxh4   2. gf2 hxe1   3. cd2 exc3   4. ed4 cxe3

　　　5. exe7 fxd6   6. hxh6+

456: 1. ef2! gxe1 (1. ··· gxe5   2. ed4 cxe3   3. axe7 fxd6   4. hxh6+)

　　　2. gf2 exe5   3. ed4 cxe3   4. axe7 fxd6   5. hxf4 exg3   6. hxf4+

457: 1. fg3! hxd4   2. fe5 dxf4   3. bxd6 exc5   4. ab4 cxa3

　　　5. axe7 fxd6   6.hxc5+

458: 1. ab6! gxg1   2. ef2 gxe3 (gxd4)   　　3. bc7 dxb6

　　　4. axe7 fxd6   5. hxg1+

459: 1. cb2! axc1   2. gf6 exg5   3. fxh6 cxd6   4. cd4 cxe3

　　　5. axe7 fxd6   6. hxg1+

460：1. de3! df2   2. cb2 axg5   3. hxb6! fxh4   4. bc7 dxb6
　　5. axe7 fxd6   6. hxc5+

461：1. ef4! exg3   2. ef2 gxe1   3. gf2 exb2   4. cxe7 fxd6   5. hxa7+

462：1. ab6! cb4   2. bc7! bxd6   3. fg3 hxd4   4. dc3 dxb2（bxd2）
　　5. cxe7 fxd6   6. hxc5+

463：1. fg3! hxd4   2. ab2 gxe3   3. gf2! exg1   4. bc3 dxb2（bxd2）
　　5. cxe7 fxd6   6. hxa7+

464：1. ed4! de1   2. ab2! exd6   3. dc5 bxd4   4. bc3 dxb2（bxd2）
　　5. cxe7 fxd6   6. hxa3+

465：1. fe5! dxf4   2. de3 fxb4   3. fg3 hxf4   4. bc3 bxd2
　　5. cxe7 fxd6   6. hxa3+

466：1. ab4! ca3   2. fe5 dxb4（2. … fxd4   3. exe7 fxd6   4. hxa7+）
　　3. fg3 hxf4   4. bc3 bxd2   5. cxe7 fxd6   6. hxa7+

467：1. dc5! bxd4   2. de3 dxf2   3. bc5 dxd2   4. cxe7 fxd6   5. hxg1+

468：1. fg3! hxf4   2. hg5 fxh4   3. de5 fxd6   4. cxe7 fxd6   5. hxc5+

469：1. cb2! axc1   2. hxg3 hxf2   3. gxe3 cxd6   4. cxe7 fxd6   5. hxc5+

470：1. ed4! fe1   2. gf2! exa5（2. … exd6   3. cxe7 fxd6   4. hxc5+）
　　3. ab4 axd6   4. cxe7 fxd6   5. hxa3+

471：1. gf2 axa1   2. fe5 axf6   3. fg3 hxf4   4. exe7 fxd6   5. hxa3

472：1. fg5! dxf4   2. fg3! fxh2   3. ef2 hxf6   4. fg3 hxf4
　　5. exe7 fxd6   6. hxa7+

473：1. ed2! cxe1   2. ab4 axc3   3. gf2! exd4   4. exe7 fxd6   5. hxe1+

474：1. ef4 axc3   2. fe5 fxd4（dxf4）
　　3. fg3 hxf2   4. gxe7 fxd6   5. hxe1+

475：1. ab4! cxa3   2. de3 fxd2（2. … dxf2   3. gxc5+）3. hg5 fxh4
　　4. hg3 hxf2   5. gxe7 fxd6   6. hxe1+

476：1. de3! fxd2   2. ab4 hxf4   3. bc5 bxd4   4. fe3 dxf2
　　5. gxe7 fxd6   6. hxe1+

477：1. cb2! axa7   2. ef2 bxd2   3. fe3 axf2   4. gxe7 fxd6   5. hxe1+

478：1. ab6! cxa1（1. … axe3   2. fxh8+）   2. de3 fxd2
　　3. exc3 axd4   4. fg3 hxf2   5. gxe7 fxd6   6. hxc5+

479：1. cb2! axc1   2. cb4 axc3   3. gf6! cxd8   4. hg5 dxf2
　　5. gxe7 fxd6   6. hxd2+

480：1. ed4! dc7（1. … de7   2. hg3+）   2. dc5! dxd2
　　3. cxe3 axf4   4. fg3 hxf2   5. gxe7 fxd6   6. axc5+

481：1. cb2! axc1   2. fg5 cxd6   3. dc5 bxd4   4. fg3 hxf4
　　5. gxe7 fxd6   6. hxa3+

482：1. ab4! dxb2　　2. dc3 bxd4　　　3. hg5 axc3　　　4. fg3 hxf4

　　　5. gxe7 fxd6　6. hxe1+

483：1. ed6! exg1　　2. gxe7 fxd6　　　3. hxa7 gh2　　　4. ab8 hxe5　　5. bxh2+

484：1. ed4! cxe3　　2. cb4 axa1　　　　3. gh4 axf6　　　4. gxe7 fxd6　　5. hxf2+

485：1. cb2! axc1　　2. dc3 dxb2　　　　3. ab6 cxa7　　　4. fg5 cxf4

　　　5. gxe7 fxd6　6. hxh6+

486：1. ab4! cxc1　　2. cb4! exg3　　　3. hxf4 axc3　　　4. fg5 cxf4

　　　5. gxe7 fxd6　6. hxh6+

487：1. bc5! dxd2　(1. ⋯ exg3　2. cxe7 fxd6　3. hxc5+)

　　　2. fxd6 dxf4　3. ab4 axc3　　　4. de7 fxd6　　　5. hxh6+

488：1. gf2! gxg1　　2. bc7 dxb6　　　　3. de7 fxd6　　　4. hxa7 gc5　　5. axg1+

489：1. ab2! gxg1　　2. ef2 gxe3　　　　3. bc3 dxb2　　　4. de7 fxd6

　　　5. hxf4 ba7　6. fc7+

490：1. de3! bxd2　　2. fg5 fxh4　　　　3. ed6 dxf4　　　4. de7 fxd6　　5. hxa7+

491：1. fe3! axc3　　2. ed4 cxe5　　　　3. gf6 ed4　　　4. fe7 fxd6　　5. hxg1+

492：1. de5! cxa1　　2. cd2! axf6　　　3. de3 fxd2　　　4. de7 fxd6

　　　5. hxe7 fxf6　6. gf2+

493：1. cb6! exg1　　2. bxh4 gxc5　　　3. he7 fxd6　　　4. hxf8 cg1

　　　5. fxc5 gxb6　6. axc7+

494：1. hg5! fxh4　　2. fe3 hxf2　　　　3. ed6 cxe5　(exc5)

　　　4. dxd8 fxb2　5. de7 fxd6　　6. hxc1+

495：1. dc5! dxb4　　2. cb2 axc1　　　　3. ef4 cxg5　　　4. hxd8 bxd2

　　　5. de7 fxd6　6. hxe1+

496：1. ab6! cxa5　　2. hg5 fxf2　　　　3. dxd8 fxb2　　　4. fe5 dxf4

　　　5. de7 fxd6　6. hxh6+

497：1. cb2! axc1　　2. hg5 fxf2　　　　3. dxd8 fxb2　　　4. dg5! cxe3

　　　5. gxe7 fxd6　6. hxa3+

498：1. cb6! axc1　　2. cb4 axc3　　　　3. ed4 cxg5　　　4. hxe1! exc3

　　　5. exe7 fxd6　6. hxa3+

499：1. bc3! dxb2　　2. gf6 exg7　　　　3. hxb4 axc3　　　4. ab4 cxa5　　5. cxa3+

500：1. gh4! dxb2　(1. ⋯ axc5　2. hg5)　　　　　　　　　2. hg5 axc5

　　　3. ab6 cxa7　4. gf6 exg7　　5. hxc1+

501：1. ab4! ha5　　2. bc5 ed6　　　　　3. gxe7! dxd2　　4. hg5 fxd6

　　　5. gf6 exg7　6. hxe1+

502：1. de3! axa1　　2. exe7 fxd6　　　3. cb2 axc3　　　4. gf6 exg7　　5. hxh4+

503：1. hg5! gxe1　　2. ab4 cxa5　　　　3. gf6 exg7　　　4. cxc3 exb4　　5. hxa3+

504：1. ed4! cxe3　　2. cb4 axc3　　　　3. cb2 cxa1　　　4. gh6 axg7　　5. hxf2+

505：1. de5! d×d2   2. c×e1 a×c3   3. ab2 c×a1   4. gf6 e×g5 （4. … a×g7

   5. h×a3+)   5. h×f6 a×g7   6. h×f8+

506：1. hg5! e×g3   2. cd4 c×e3   3. ab4 a×c3   4. ab2 c×a1

   5. gf6 a×g7   6. h×h4+

507：1. ba3! bc3 （1. … dc5   2. ab2+)   2. ab4! cd2

   3. fg5 a×c3   4. ab2 c×a1   5. gf6 a×g7   6. h×e1+

508：1. hg5! fg3 （1. … fe3   2. ab4! a×c3   3. cb2 c×a1   4. gf6 a×g7   5. h×g1+)

   2. ef2! g×e1   3. cd2 e×c3 （3. … e×b4   4. a×e7+)

   4. gf6 c×g5   5. h×c5+

509：1. cb2! g×g1   2. ef2! g×a1   3. ab6 h×f2   4. b×f6 a×g7   5. h×g1+

510：1. ef2! g×c3 （1. … g×b4   2. a×e7 d×f6   3. b×h4+)

   2. ab2 c×a1   3. ab4 a×c3   4. cb2 c×a5   5. b×f6 a×g7   6. h×a3+

511：1. de3! a×a1   2. ed4 e×c3   3. cb2 g×e5   4. b×f6 a×g7   5. h×c5+

512：1. cb4! c×a3   2. ef2 g×e1   3. cd2 e×g7   4. h×a7+

513：1. dc5! b×d4   2. ab2 e×g1   3. bc3 d×b2 （b×d2)

   4. c×e7 f×d6   5. ef2 g×g7   6. h×a3+

514：1. ed4! c×g1   2. a×e7 f×d6   3. fe5 d×f4   4. g×e3 g×g7   5. h×f8+

515：1. gf6! e×g5   2. gf4! e×e1   3. ed4 c×e3   4. d×h6 e×b4

   5. a×e7 f×d6   6. h×a3+

516：1. cd4! a×a1   2. cd6 e×c5   3. d×d8 a×g7   4. de7 f×d6   5. h×a3+

517：1. ba3! d×b2   2. a×c1 a×c3   3. cd2 c×e1   4. hg5 e×h4

   5. gh6 h×e7   6. h×a3+

518：1. fg5! dc5   2. gh6! c×g1   3. h×a7 h×f2   4. hg3 f×h4

   5. cd4 g×c5   6. a×h8+

519：1. ab4! a×c3   2. cd6 e×c5   3. ab2 c×a1   4. gh6 a×f6

   5. h×e7 d×f6   6. gf2+

520：1. hg5! g×e1   2. dc5 b×b2   3. a×e7 f×d6   4. gh6 e×c3 （e×b4)

   5. h×e1+ （h×a3+)

521：1. hg5! e×g3   2. ef4 g×e5   3. bc3 b×d2   4. gh6 db4

   5. h×c1 bc3   6. ab4+

俄罗斯规则高级战术组合练习题

以下各题，均为白先。

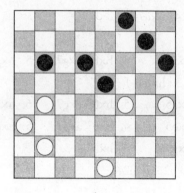

1

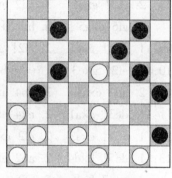

2

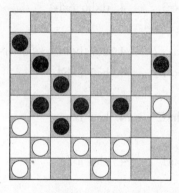

3

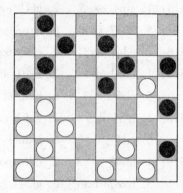

4

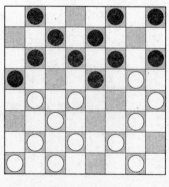

5

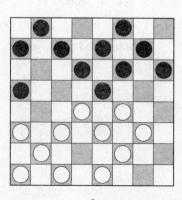

6

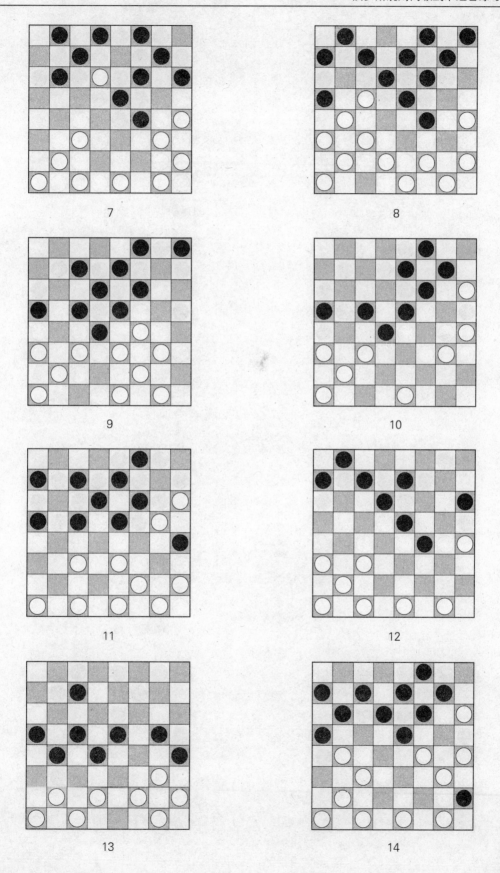

7

8

9

10

11

12

13

14

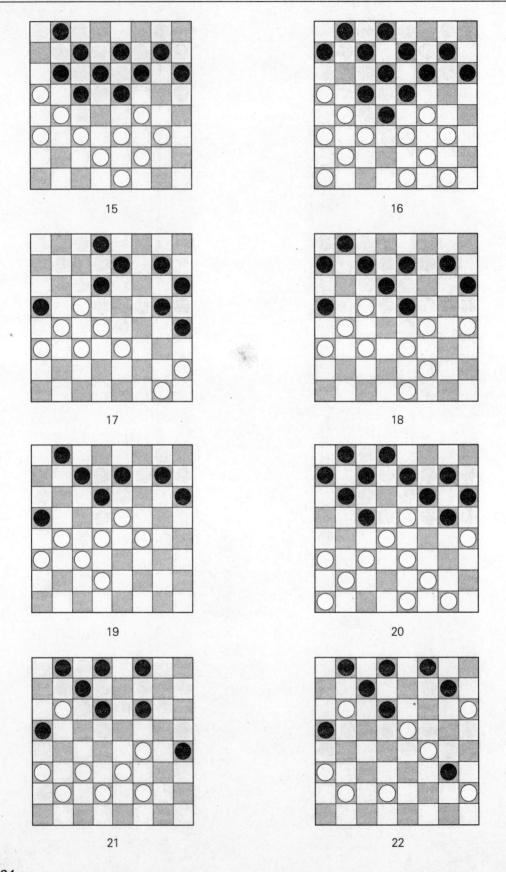

15

16

17

18

19

20

21

22

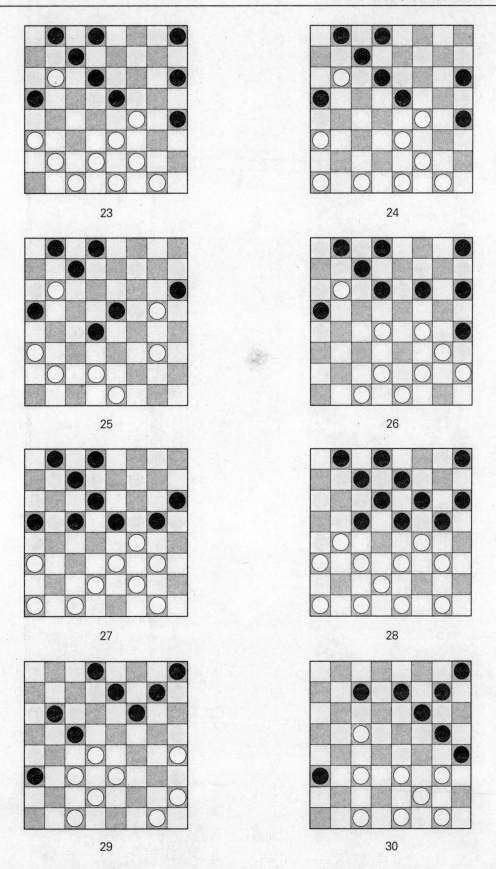

23

24

25

26

27

28

29

30

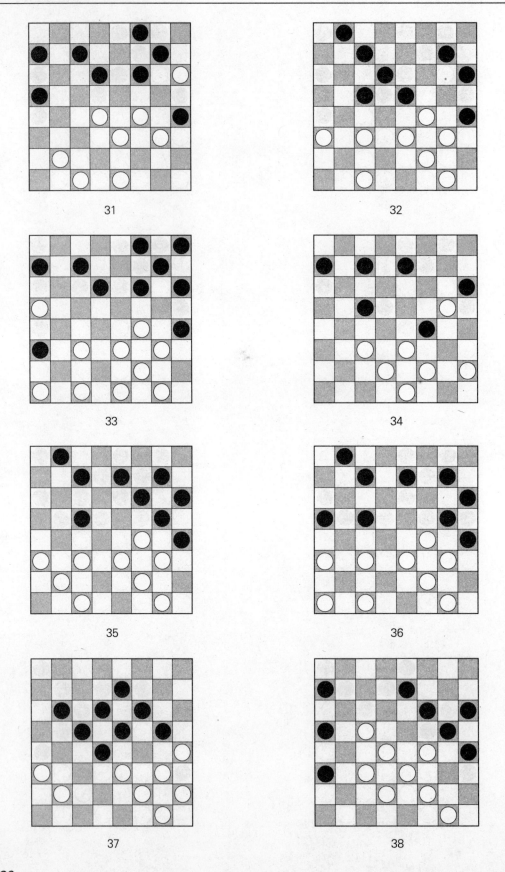

31

32

33

34

35

36

37

38

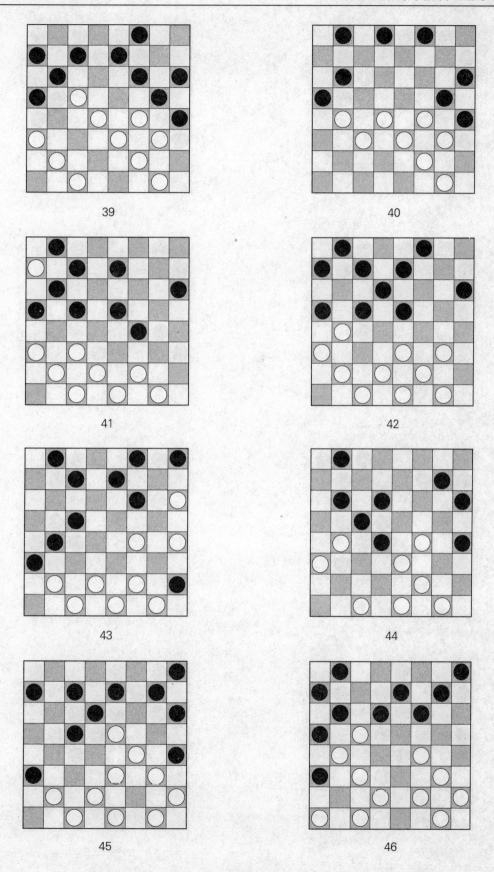

39

40

41

42

43

44

45

46

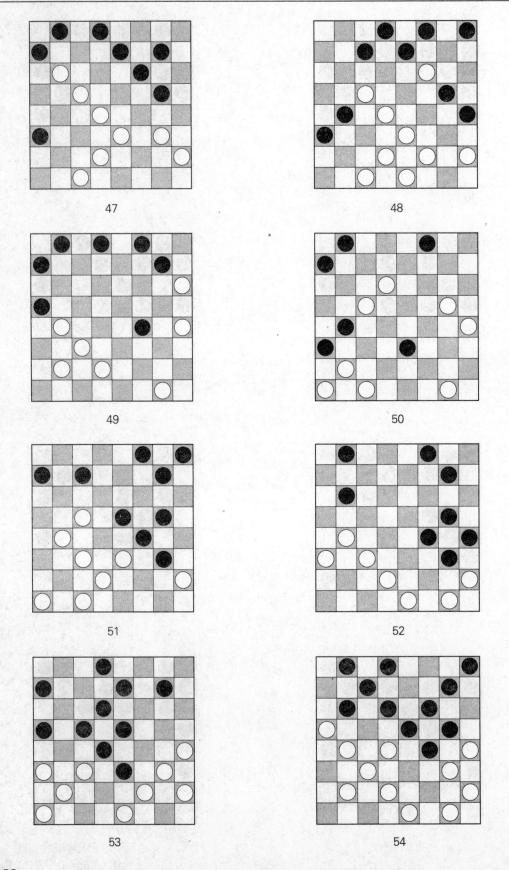

47

48

49

50

51

52

53

54

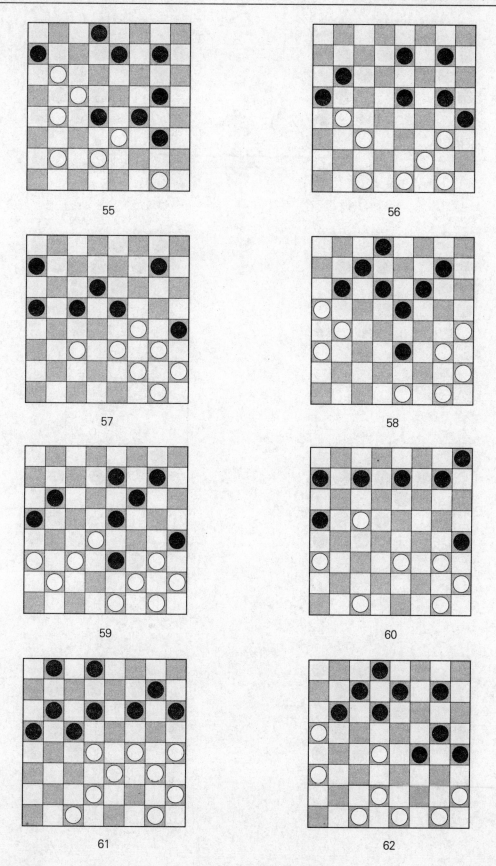

55

56

57

58

59

60

61

62

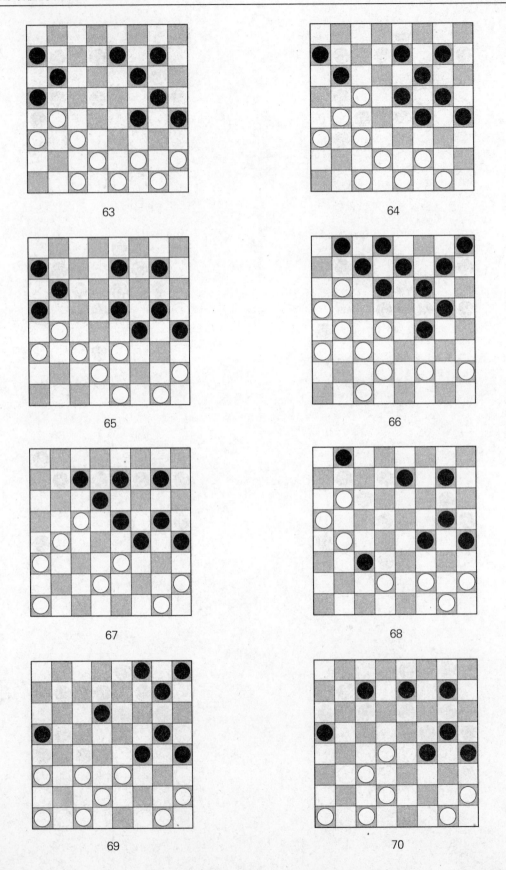

63

64

65

66

67

68

69

70

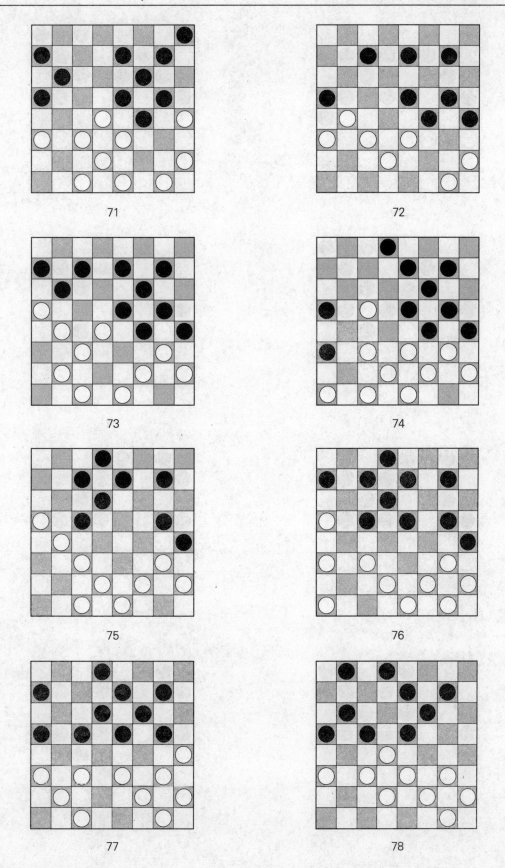

71

72

73

74

75

76

77

78

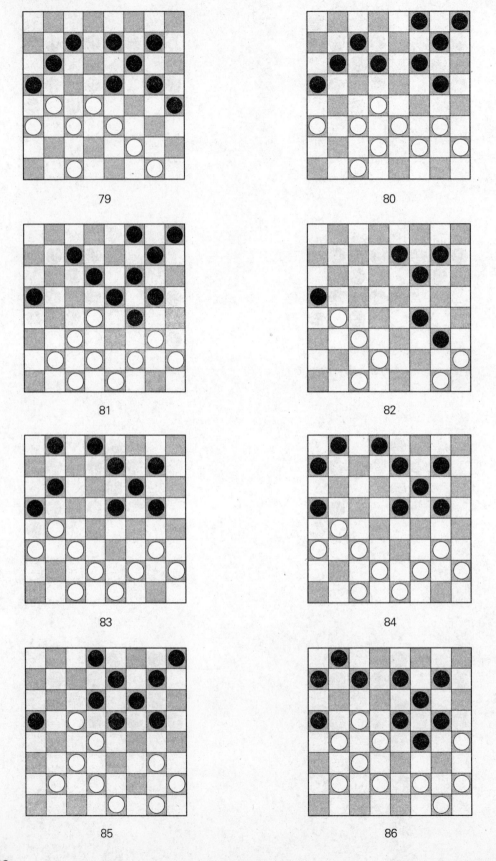

79

80

81

82

83

84

85

86

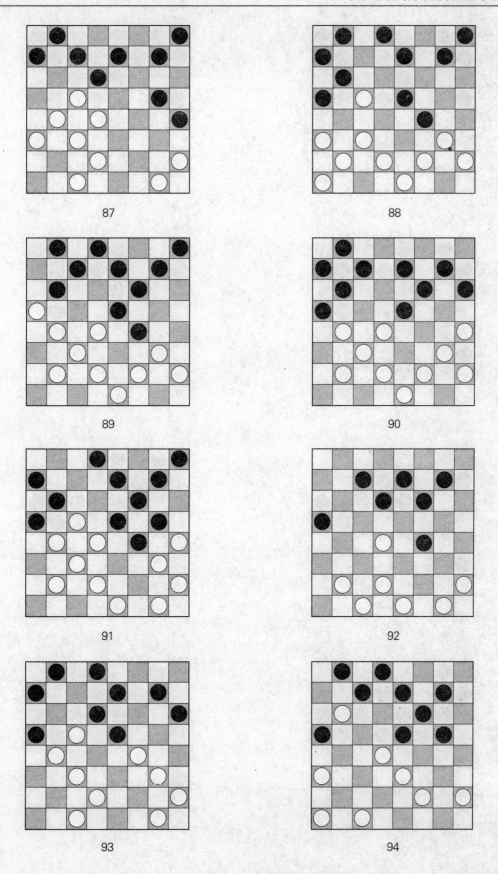

87

88

89

90

91

92

93

94

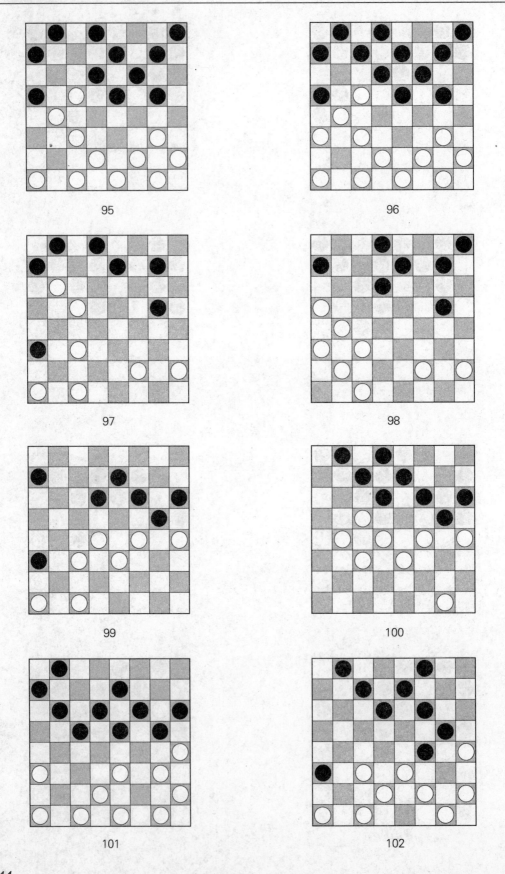

95

96

97

98

99

100

101

102

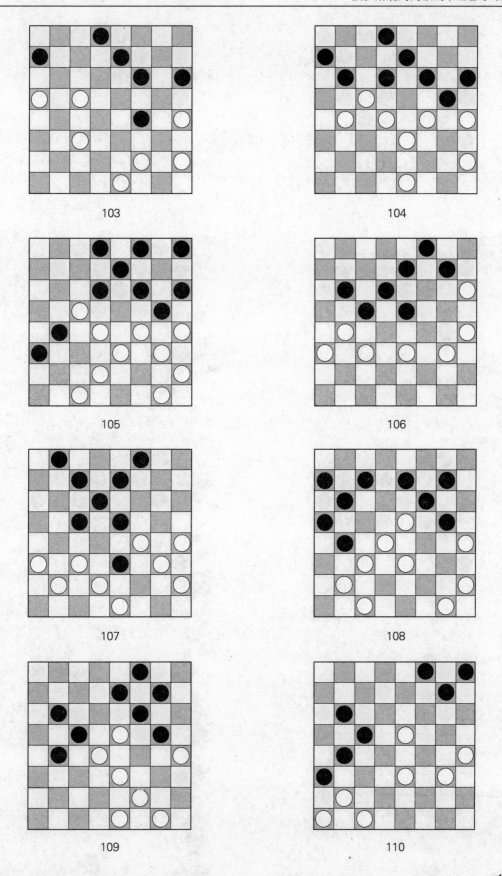

103

104

105

106

107

108

109

110

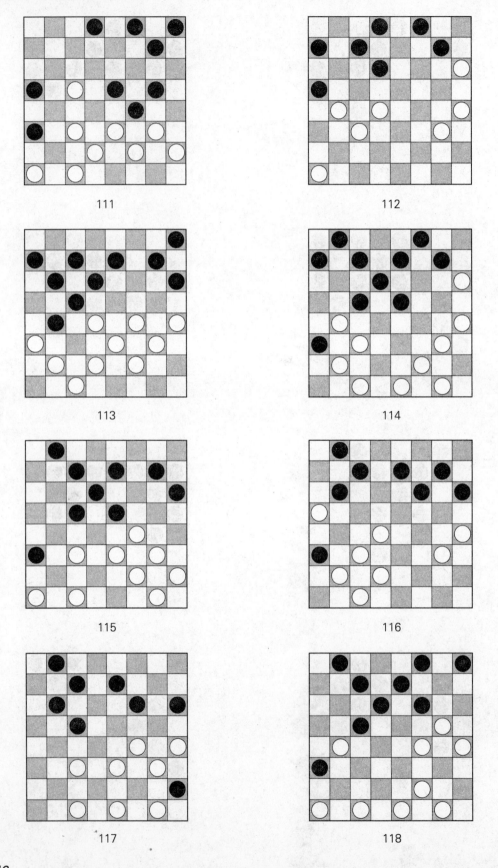

111

112

113

114

115

116

117

118

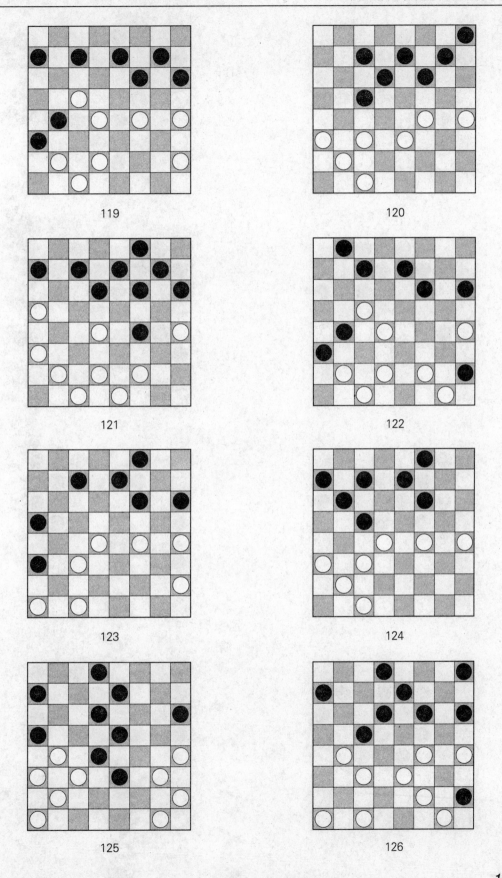

119

120

121

122

123

124

125

126

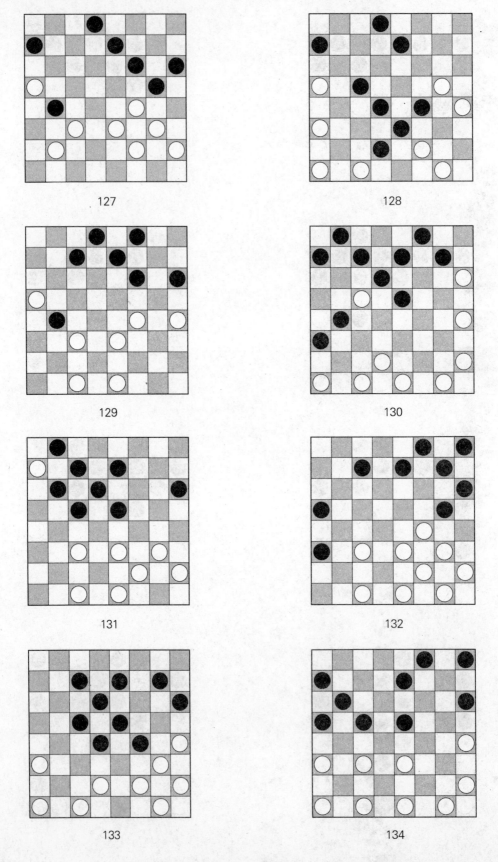

127

128

129

130

131

132

133

134

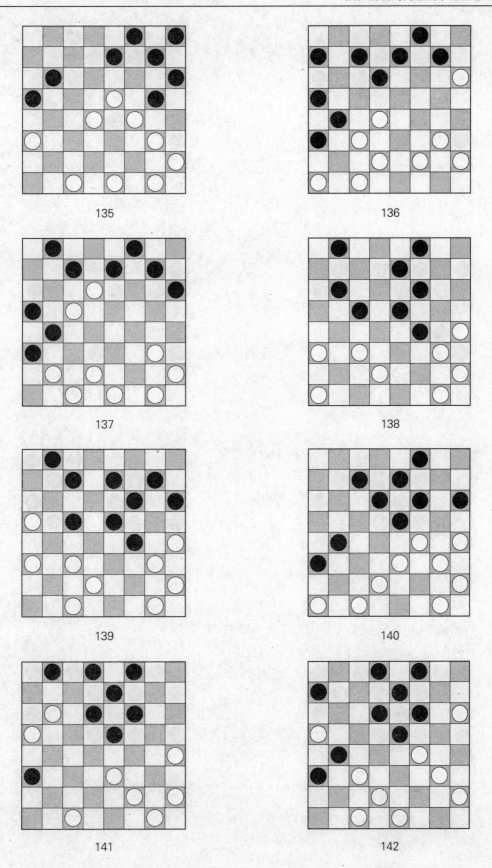

135

136

137

138

139

140

141

142

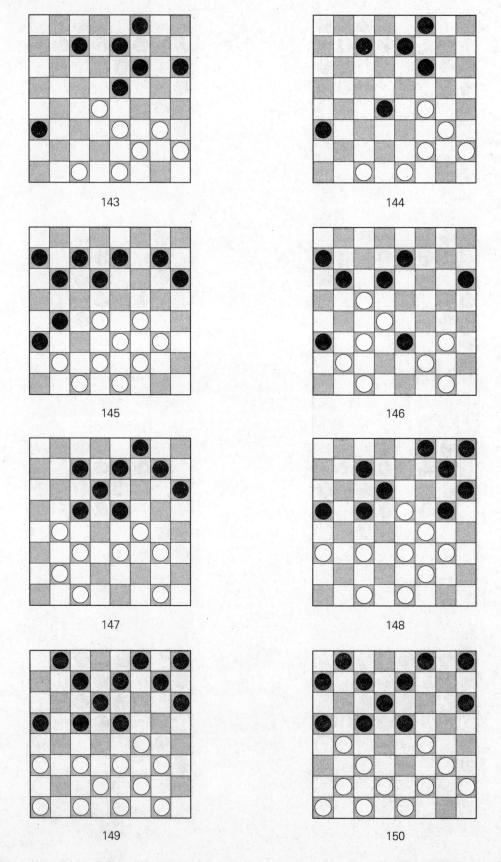

143

144

145

146

147

148

149

150

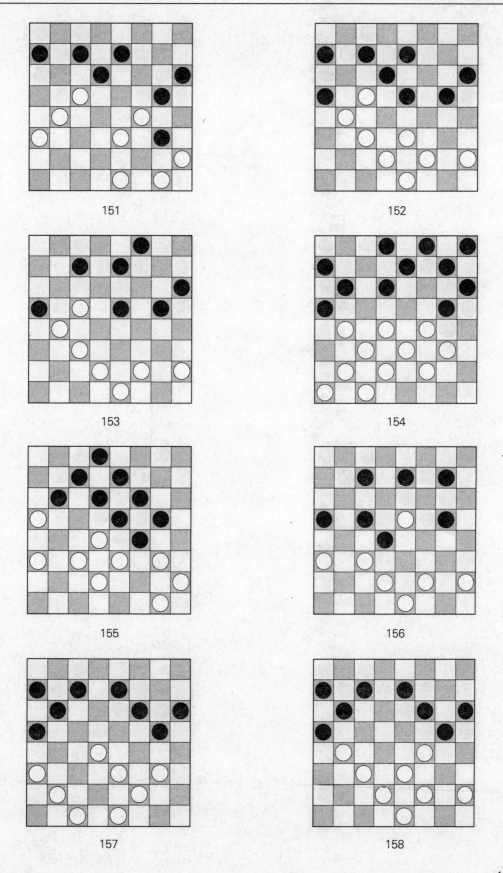

151

152

153

154

155

156

157

158

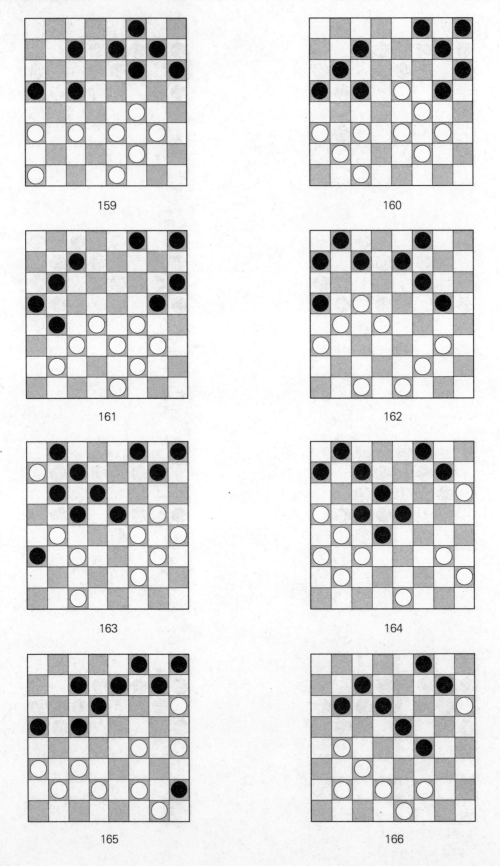

159

160

161

162

163

164

165

166

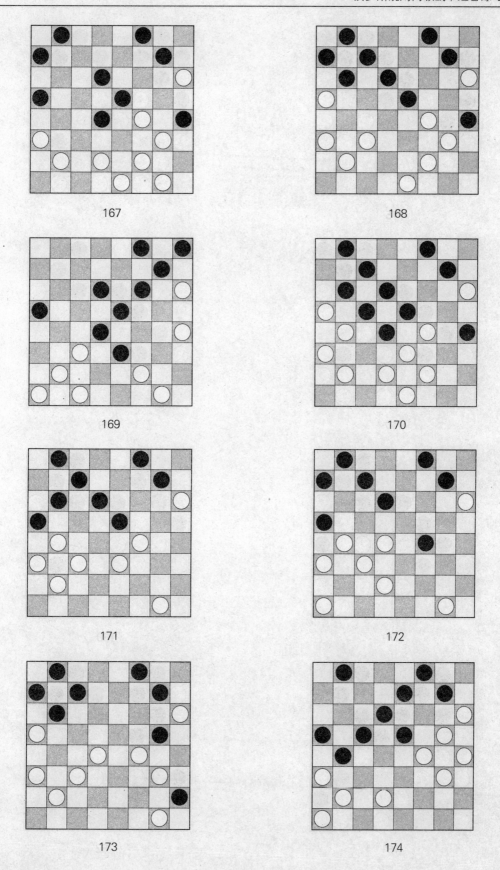

167

168

169

170

171

172

173

174

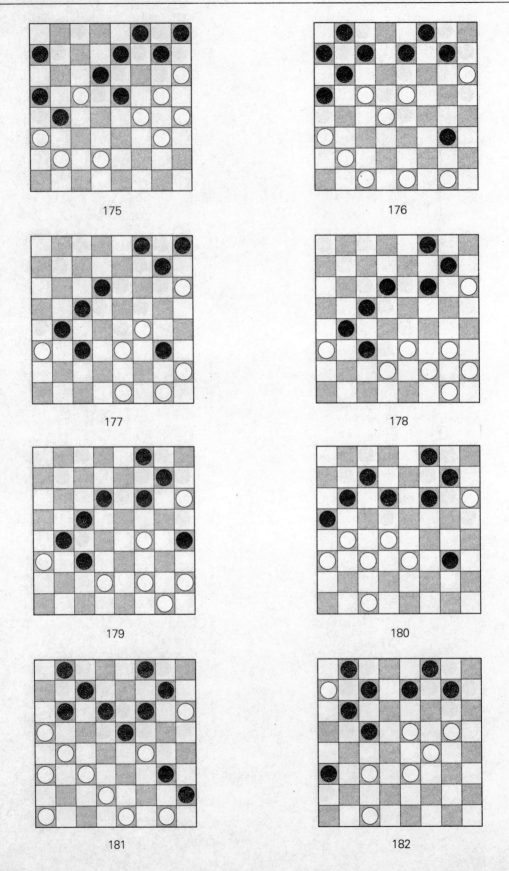

175

176

177

178

179

180

181

182

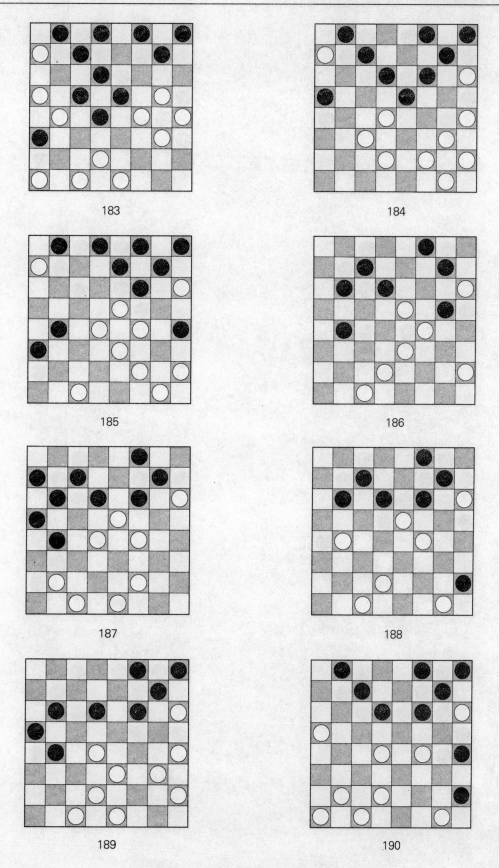

183

184

185

186

187

188

189

190

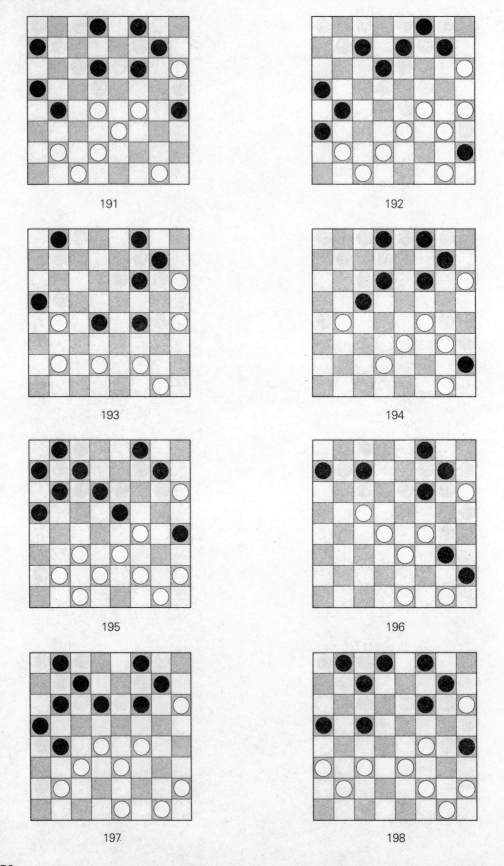

191

192

193

194

195

196

197

198

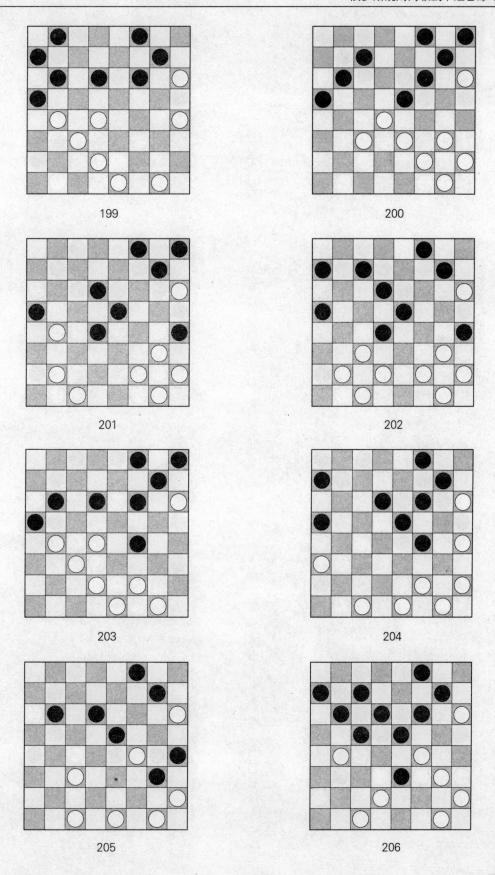

199

200

201

202

203

204

205

206

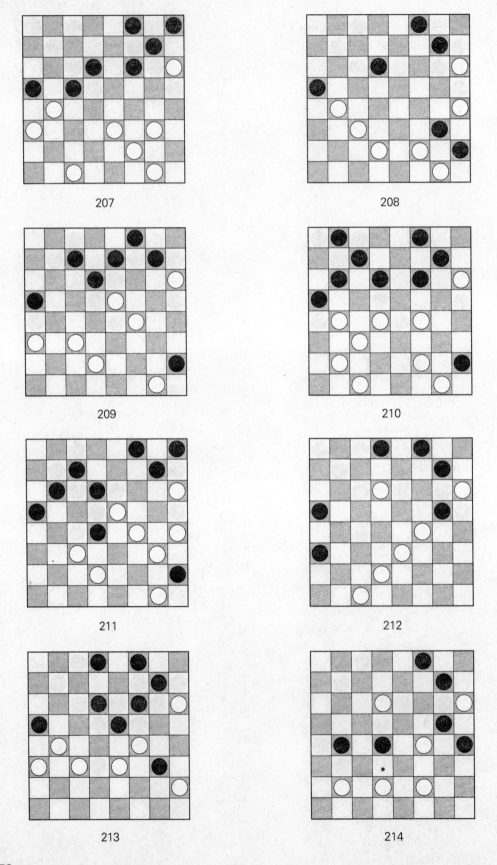

207

208

209

210

211

212

213

214

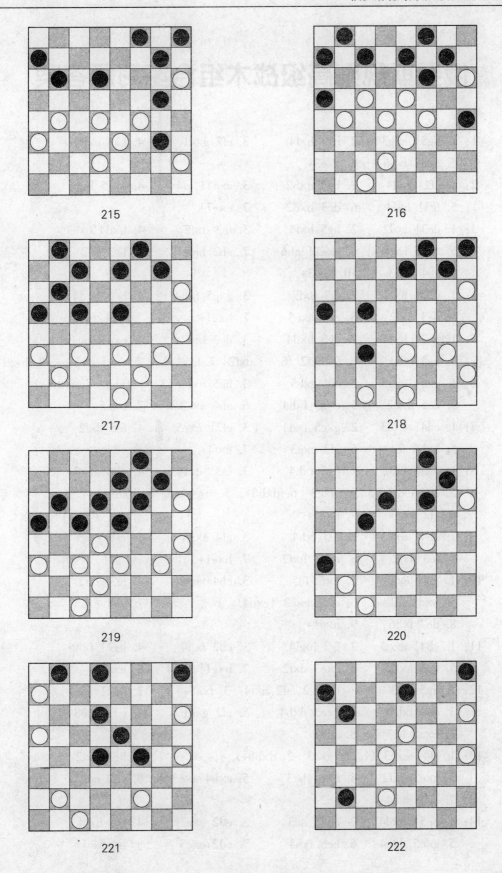

215

216

217

218

219

220

221

222

俄罗斯规则高级战术组合练习题答案

1: 1. hg5! exg3   2. bc3 hxf4   3. ef2 gxe1   4. ba5 exb4
   5. axe7 fxd6   6. axg3+

2: 1. ef2! fxd4   2. bc3 dxb2   3. axc1! gf4   4. exg5 hxf6
   5. fg3! hxf4   6. dc3 bxd2   7. cxe7+

3: 1. de3! fxd2   2. hg5 hxf4   3. fe3 dxf2   4. bxd4 cxe3
   5. axc5 bxd4   6. exe1! ab6   7. ab2 bc5   8. bc3 ed2
   9. cb4 cxa3   10. exc3+

4: 1. ed2! hxf4   2. fg3 hxf2   3. gxg5 fxh4   4. bc5 bxd4
   5. de3 dxf2   6. cb4 axc3   7. bxg1+

5: 1. gh2! hxf4   2. dc5 bxd4   3. de3 fxd2   4. cxe1 axc3
   5. hg5 fxh4   6. fe3hxf2 (6. ··· dxf2 7. bxg1+)   7. exc5 dxb4   8. bxg1+

6: 1. gh4! exg3   2. ef4 gxe5   3. hg5 hxf4 (3. ··· fxh4 4. dxh8+)
   4. dc5 dxd2   5. cxg5 fxh4   6. ab4 axc3   7. bxa5+

7: 1. cd4! exc3   2. gxe5 fxd4   3. ef2! cxe5   4. fe3 dxf2
   5. bxh8 fe1   6. gf2 exg3   7. hxf4+

8: 1. de3! fxd2   2. hg5 fxh4   3. fe3! dxf4   4. cb6 axc5
   5. cd4 cxe3 (5. ··· axc3 6. dxh6+; 5. ··· exc3 6. bxc1+)
   6. ef2 axc3   7. bxa5+

9: 1. cb4! axc3   2. fg5 fxh4   3. gf4 exg3   4. ef4 gxe5
   5. fe3 dxf2   6. exg3 hxf2   7. bxe1+

10: 1. gf4! exg3   2. hxf2 fe5   3. cb4axc3   4. fe3 dxf2
    5. bxd8 fg1   6. ef2! gxe3 (gxd4)   7. ab4 cxa3
    8. de7 fxd6   9. hxg1+

11: 1. cb4! axc3   2. fg3 hxd4   3. cb2 fxh4   4. hg7! fxh6
    5. hg3 hxf2   6. gxe3 dxf2   7. bxg1! hxf4   8. exc7+

12: 1. hg5! fg3 (1. ··· fe3 2. ef2 hxf4 3. fxa5+)   2. ed2! hxf4
    3. de3 fxb4   4. axc5 dxb4   5. gf2 gxe1   6. cd2 exc3
    7. bxa5 ba3   8. ad8+

13: 1. gf4! exc3 (1. ··· gxe3 2. dxb8+)   2. hg3 hxf2
    3. gxe3 dxf2   4. bxe1 bc3   5. exb4 axc3   6. cb2 cd2
    7. bc3 dxb4   8. ab2+

14: 1. bc5! bxd4   2. cb4! ac3   3. ed2 cxe1   4. fg5 hxf4
    5. gxc5 dxb4   6. hg5 fxh4   7. cd2 exc3   8. bxa5+

15：1. gh4! exg3　　2. cd4! gh2（2. ··· ba7　3. de5! fxd4　4. hg5 hxf4

　　5. fxh4 dxf2　6. exe5 dxf4　7. bxe3+；2. ··· hg5　3. de5）

　　3. de5! fxd4（3. ··· dxf4　4. exg5 hxf4　5. bxe3+）

　　4. fg3 dxf2（4. ··· hxf4　5. exg5 hxf4　6. de3 fxd2　7. exe5 dxf4　8. bxc1+）

　　5. dc3 hxf4　　6. exe5 dxf4　　7. bxf8+

16：1. gh4! exg3　　2. cxe5 fxd4（2. ··· dxd2　3. exc3 gxe1　4. bxf8 exb4

　　5. axc3+）　　3. hg5 hxd2　　4. exe5 gxe1　　5. bc3 d xf4

　　6. bxc1 exb4　　7. axc3+

17：1. hg3! hxf2　　2. ef4 gxe3　　3. de5 dxf4　　4. cb6 axc7

　　5. cd4 exc5　　6. gxg5 hxf4　　7. bxe1+

18：1. ed4! exg3　　2. ed2! gxe1　　3. hg5 hxf4　　4. de3 fxd2

　　5. de5 dxf4　　6. cb6 axc5　　7. bxc1 exb4　　8. axc5+

19：1. dc5! ba7　　2. cb6! axc5　　3. de3! gf6（3. ··· ef6　4. cd4 axc3

　　5. dxh4+）　　4. exg7 hxf8　　5. fe5 dxd2　　6. bxb8 dxb4　　7. axc5+

20：1. ef4! gxe3（1. ··· cxe3　2. fxd2 fxd4　3. hxh8+）

　　2. gh2! exg1　　3. cb4 cxe3　　4. ef2 fxd4　　5. hg5 hxf4

　　6. bc3 dxb2　　7. fxd4 gxc5　　8. bxc1+

21：1. fg3! hxd4　　2. cxg7 fxh6　　3. fg5 hxf4　　4. de3 fxd2

　　5. bc3 dxb4　　6. axe7 dxf6　　7. bxh4+

22：1. ef6! gxe5　　2. hg7 fxh6　　3. fg5 hxf4　　4. de3 fxd2

　　5. hxf4 exg3　　6. bc3 dxb4　　7. axe7 dxf6　　8. bxe1+

23：1. fg3! hxd4　　2. de3! dxf2（2. ··· exg3　3. exe7 dxf6　4. hxf2+）

　　3. gxe3 exg3　　4. ef2 gxe1　　5. bc3 exb4　　6. axe7 dxf6　　7. bxh4+

24：1. fg3! hxd4　　2. cb2 exg3　　3. ef2 gxe1　　4. bc3 dxb2

　　5. axc3 exb4　　6. axe7 dxf6　　7. bxh4+

25：1. gf4! exg3　　2. dc3 hxf4　　3. cxe5 fxd6　　4. ef2 gxe1

　　5. bc3 exb4　　6. axe7 dxf6　　7. bxh4+

26：1. de5! fxd4　　2. fe3! dxf2（2. ··· hxf2　3. exe7 dxf6　4. bxh4 fe1

　　5. ef2 gxg5　6. hxf6+）　　3. de3 fxd4　　4. ed2 hxf2

　　5. fg5 hxf4　　6. de3 fxd2　　7. cxe7 dxf6　　8. bxe1+

27：1. ed4! exe1（1. ··· gxe3　2. dxb6!+）　　2. ab2（cb2）gxe3

　　3. fxb6 exh4　　4. gf2 hxe1　　5. bc3 exb4　　6. axe7 dxf6　　7. bxh4+

28：1. ed4! gxe3（1. ··· cxe3　2. bc5 dxb4　3. fxf8+）2. dxb6! cxa5

　　3. dxf4 fg5　　4. bc5 gxe3　　5. ed2 dxb4　　6. dxf8 bxd2　　7. cxe3+

29：1. cb4! ed6　　2. hg5! fxh4　　3. hg3 hxf2　　4. ef4 cxg5

　　5. gxe3 axc5　　6. ed4 cxe3　　7. dxa7+

30：1. cd6! cxe5　　2. gf4! exg3　　3. ed2 gxe1　　4. gf2 exg3

　　5. cb4 axc5　　6. ed4 cxe3　　7. dxh2 hg3　　8. hxg7 hxf6　　9. cd2+

31：1. fg5 hxf2　　　2. gxc5 fg1　　　3. cb6 axc5　　　4. dxd8 gxa1

　　5. dxe7 fxd6　　　6. hxb4! axc3　　7. cb2 cd2　　　8. exc3+

32：1. ab4! cxa3　　2. ed4 gf6　　　3. fe3 hxf2　　　4. cd2 exg3

　　5. cb4 axc5　　　6. dxh4 fxd4　　7. hxf8+

33：1. cb2! axc1　　2. ed4 cxg5　　3. ed2! gxc1　　4. ab2 cxa3

　　5. fe3 hxf2　　　6. cb4 axc5　　7. dxe1+

34：1. hg3! fxh2　　2. cd4 hxf4　　　3. dxg5! fxh6　　4. fg3 hxf4

　　5. exg5 hxf4　　6. de3 fxd2　　7. exc3+

35：1. ab4! axa3　　2. cb4 axc5　　　3. fe5 fxd4　　　4. ef4 gxe3

　　5. bc3 dxb2　　　6. fxa1 hxf2　　7. gxe3+

36：1. cb4! axc3　　2. ab2! cxa1　　3. fe5 axf6　　　4. eb2! fxa1

　　5. ef4 gxe3　　　6. fxh8 hxf2　　7. gxe3

37：1. ef4! gxe3　　2. hg5 fxh4　　　3. bc3 dxb2　　　4. fxa5 hxf2

　　5. axc1 fe1　　　6. cd2 exc3　　7. axe1+

38：1. cb6! axc5 (1. ⋯ axc7　2. cb4 axc5　3. dxd8+)　　2. db6 axc7

　　3. cb4 axc5　　4. fe5 fxd4　　5. dc3 dxb2　　6. ef4 gxe3　　　7. fxa1+

39：1. de5! fxd4　　2. bc3! dxb2　　3. ed4 gxe3　　　4. ab4 axe5

　　5. fxd8 hxf2　　6. cxa3 bxd4　　7. gxc5+

40：1. bc5! ba7　　　2. cd6! de7　　　3. fe5 exc5　　　4. ed6 cxe7

　　5. cb4 axe5　　　6. ef4 gxe3　　　7. fxa5 hxf2　　8. gxe3+

41：1. cb4! axa1　　2. dc3 axd4　　　3. ab4 cxa3　　　4. axg5 hxf4

　　5. cb2 axc1　　　6. ed2 cxe3　　7. fxb6+

42：1. gh4! axa1　　2. dc3 axd4　　　3. ab4 cxa3　　　4. exc5 dxb4

　　5. hg5 hxf4　　　6. cb2 axc1　　7. ed2 cxe3　　8. fxd2+

43：1. hg7! fxh6　　2. fe5! fxd4　　　3. hg5 hxf4　　　4. dc3 bxd2

　　5. exg3 hxf4　　6. cd2 axe3　　7. fxf6+

44：1. fg5! hxf6　　　2. ba5! de5 (2. ⋯ bc7　3. ab4 cxa3　4. exa7)

　　3. axc7 bxd6　　4. ab4 cxa3　　5. exg5 hxf4　　6. cb2 axc1

　　7. ed2 cxe3　　　8. fxh8+

45：1. ef6! gxe5 (1. ⋯ exg5　2. dc3 hxd4　3. cxe5 gxe3　4. ef2 dxf4　5. fxd8+)

　　2. dc3 hxd4　　3. fg5! hf4　　　4. cd2 axe3　　5. hg3! fxh2

　　6. ef2 dxb2　　　7. fxa1+

46：1. cd4! axe1 (1. ⋯ axe5　2. de3 bxd4　3. exc5 dxb4　4. fxh6+)

　　2. ab2! dxb4　　3. fe3! exh4　　4. cd2! axc1　　5. hg3 hxe5

　　6. fxh6 cxg5　　7. hxb8+

47：1. cd6! exc5　　2. cb2! axc1　　3. dc3 cxf4　　　4. gxe5 cxe3

　　5. hg3 fxb2　　　6. gf4 axc5　　7. fxf4+

48: 1. cb6! cxa5　　2. dc5! bxd6　　3. cb2 axc1　　4. de3 cxf4
　　5. fg3 hxf2　　6. exc7 dxb6　　7. fxd8+

49: 1. hg5! fg3　　2. gh2! gf2　　3. de3 fxd4　　4. cxe5 axa1
　　5. gf6 ad4　　6. fxh8 dxf6　　7. hxa1+

50: 1. bc3! bxd2　　2. cb2 axc1　　3. ab2 cxa3　　4. gf2! exg1
　　5. gf6 gxb6　　6. hg5 axe7　　7. fxe1+

51: 1. cd6! cb6　　2. de7 fxd6　　3. cd4! exe1　(3. ··· exa5　4. dc3 fxb4
　　5. hxa3+)　　4. cd2! exa5　　5. ab2 fxd2　　6. hxe1 bc5　　7. bc3+

52: 1. ef2! gxe1　　2. de3 fxd2　　3. ba5 dxb4　　4. axc7 bxd6
　　5. axe7 fxd6　　6. gf2 exg3　　7. hxc5+

53: 1. hg5! exg1　　2. gf6 exg5　　3. ef2 gxe3　　4. gf4 exg3
　　5. cxc7 dxb6　　6. hxb4 axc3　　7. bxf2+

54: 1. de3! fxd2　　2. dc5 bxd4　　3. ab6 cxa5　　4. ba3 dxb2
　　5. axe3 axc3　　6. gf4 cxg3　　7. hxd2+

55: 1. gh2! dxf2　　2. bc7 dxd4　　3. de3 fxd2　　4. hxg1 dc1　(4. ··· de1
　　5. bc3 eh4　6. gf2 hxe1　7. ba5 exb4　8. axc3+)　5. gc5 cxa5
　　6. gf8 axc5　　7. fxa3+

56: 1. gf4! exg3　　2. cd4 axe5　　3. gh2 gf4　(3. ··· ef4　4. fe3 fxd2
　　5. hxa7+)　　4. fe3 fxd2　　5. hxh6 hg3　　6. cxe3 gh2　　7. ef2+

57: 1. ed4! cxg5　　2. cb4 axc3　　3. gf4 exe1　(3. ··· gxe3　4. fxh8 cd2
　　5. hg3 hxf2　6. gxc1+)　　4. gf2 exg3　　5. hxe1 ab6
　　6. ef2 ba5　　7. fe1+

58: 1. gf4! exg5　　2. bc5 bxd4　　3. ab6 cxa5　　4. ab4 axc3
　　5. ed2 cxe1　　6. gf2 exg3　　7. hxg1+

59: 1. gf4! exg5　　2. cb4! axa1　(2. ··· exa1　3. fe3)　3. fe3 exc3
　　4. ed2 cxe1　　5. ed4 axe5　　6. gf2 exg3　　7. hxa7+

60: 1. cb6! axc5　　2. ed4! cxe3　　3. gf4 exg5　　4. ab4 axc3
　　5. cd2 cxe1　　6. gf2 exg3　　7. hxb8+

61: 1. fg5! hxf4　　2. exe7 dxf6　(2. ··· dxf8　3. gf4 cxg5　4. hxh8+; 2. ··· cxe3
　　3. exa7+)　　3. dc3! cxe3　　4. gf4 exg5　　5. cb4 axc3
　　6. cd2 cxe1　　7. gf2 exg3　　8. hxa7+

62: 1. dc5! bxd4　　2. ab6! cxa5　　3. de3 fxd2　(dxf2)
　　4. exc7 dxb6　　5. ab4 axc3　　6. cd2 cxe1　　7. gf2 exg3　　8. hxa7+

63: 1. bc5! bxb2　　2. dc3 bxd4　　3. fe3 fxd2　(dxf2)
　　4. exe5 fxd4　　5. ab4 axc3　　6. cd2 cxe1　　7. gf2 exg3　　8. hxf2+

64: 1. cd4! exa5　　2. gh2 bxd4　　3. de3 fxd2　　4. exe5 fxd4
　　5. ab4 axc3　　6. cd2 cxg3　　7. hxf2+

14! exc3　　　2. bc5 bxf2　　　3. exe5 cxe1　　　4. ab4! axc3
exc5　　　6. gf2 exg3　　　7. hxe1 ab6　　　8. ef2 ba5　　　9. fe1+

.de5! fxb2　　　2. dc3 bxd4　　　3. bc5 dxb4　　　4. axg3 cxa5
5. ab4 axc3　　　6. cd2 cxe1　　　7. gh4 exg3　　　8. hxa3+

67：1. cd6! cxe1　　　2. ab2 fxd2　　　3. bc3 dxb4　　　4. axc5 dxb4
　　　5. gf2 exg3　　　6. hxa5 hg3　　　7. ab6+

68：1. fe3! cxe1　　　2. bc5! fxd2　　　3. bc7 bxb4　　　4. axc3 dxb4
　　　5. gf2 exg3　　　6. hxa3 hg3　　　7. ac5+

69：1. cb4! axe1　　　2. cb2 fxd2　　　3. bc3 dxb4　　　4. axe7 fxd6
　　　5. gf2 exg3　　　6. hxc5 hg3　　　7. ab2+

70：1. dc5! cd6　　　2. cb4! axe1　　　3. ab2 dxb4　　　4. bc3 bxd2
　　　5. cxe3 fxd2　　　6. gf2 exg3　　　7. hxe1+

71：1. cb4! exc3 (1. ··· axc3　2. dxb4! exa5　3. ab4 axc3　4. ed2 cxe1
　　　5. cb2 fxd2　6. gf2 exg3　7. hxe1+)　　　　　　2. ed4! cxe5
　　　3. de3 axc3　　　4. ed2 cxe1　　　5. cb2 fxd2　　　6. bc3 dxb4
　　　7. axc5 bxd4　　　8. gf2 exg3　　　9. hxc5+

72：1. cd4! exe1 (1. ··· axe1　2. dxa5 fxd2　3. gf2 exg3　4. hxf8 de1　5. fd6 ef2
　　　6. ac3)　　　2. bc5 fxd2　　　3. cd6 exc5 (3. ··· cxe5　4. gf2 exg3
　　　5. hxc1+)　4. gf2 exg3　　　5. hxe1 cd6　　　6. ab4 axc3　　　7. exf8+

73：1. dc5! bxd4　　　2. bc5 dxb6　　　3. cd4! exa1　　　4. gxe5 fxd4
　　　5. cb2 axc3　　　6. ed2 cxg3　　　7. hxf2+

74：1. cb2! axc1　　　2. ab2! cxd6　　　3. cd4 ec3　　　4. gxc7 dxb6
　　　5. dxb4 axc3　　　6. ed2 cxg3　　　7. hxa7+

75：1. de3! cxa3　　　2. ab6! cxa5　　　3. cb2 axf4　　　4. gxc7 dxb6
　　　5. cb4 axc3　　　6. ed2 cxg3　　　7. hxa7+

76：1. ab6! cxa5　　　2. ab4 cxa3　　　3. ab2! axf4　　　4. cd4 exc3
　　　5. gxc7 dxb6　　　6. ed2 cxg3　　　7. hxa3+

77：1. ab4! cxa3　　　2. cd2 axc1　　　3. cb4! axe1　　　4. ed4 exc3
　　　5. fe3 cxf4　　　6. gxc7 dxb6　　　7. gf2 exg3　　　8. hxe1+

78：1. ef4! cxg5　　　2. cb4 axe1　　　3. gh4 exg3　　　4. h2xf4xd6xf8xh6xe3xa7+

79：1. dc5!　(1. bc5? gh6!　2. cxa7 cb6　3. axc5 gf4　4. exg5 hxf4=) bxb
　　　2. gh2! axc3　　3. cd2 cxg3　　4. hxf4xd6xb8! bc1 (4. ··· ba1
　　　5. ed4 axe5　6. bd6+)　　　5. gh2 cxf4　　6. hxh6 gf4　　7. hxe3+

80：1. dc5! bxb2　　2. dc3 bxd4　　3. exe7 fxd8 (3. ··· fxd6　4. ab4 axc3
　　　5. cd2 cxe1　6.gh4 exg3　7. hxa3+)　　　　　4. ab4 axc3
　　　5. cd2 cxe1　　6. gh4 exg3　　7. hxf6 gxe5　　8. hxh8+

81：1. de3! fxb4　　2. ba3 exc3　　　3. axe7 fxd8　(3. ··· fxd6　4. ed2 c
　　5. gh4 exg3　6. hxa3+)　　　　　4. ed2 cxe1　　5. gh4 exg3
　　6. hxf6 gxe5　7. hxb8+

82：1. dc3 fd2　　　2. cxe3! gf2　　　3. ef4 fe1　　　4. fg5! fxh4
　　5. cd4 axe5　　6. gf2 exg3　　　7. hxh6+

83：1. cd4! exc3　(1. ··· axc3　2. dxb4! exa5　3. ab4 axc3　4. ed2 cxe1
　　5. gh4 exg3　6. hxa7+)　　　　　2. cb2 cxa1　　3. de3 axc3
　　4. ed2 cxe1　　5. ed4 axe5　　6. gh4 exg3　　7. hxa7+

84：1. cd4! exc3　(1. ··· axc3　2. dxb4 exa5　3. ab4 axc3　4. ed2 ce1
　　5. gh4 exg3　6. hxa3+)　　　　　2. cb2 axa1　　3. de3 axc3
　　4. ed2 cxe1　　5. ed4 axe5　　6. gh4 exg3　　7. hxc1+

85：1. cb4! exa1　(1. ··· exa1　2. de3+)　　　　　　2. de3 exc3
　　3. hg4 dxb4　　4. ed2 cxe1　　5. ed4 axe5　　6. gf2 exg3　　7. hxa5+

86：1. de3! fxd2　　2. cxe1 axa1　(2. ··· exa1　3. fe3+)　3. fe3! exc3
　　4. ed2 cxe1　　5. ed4 axe5　　6. gf2 exg3　　7. hxc1+

87：1. de5! dxf4　　2. cb6 cxa5　　　3. de3 fxd2　　4. cxe1 axc3
　　5. ed2 cxe1　　6. gf2 exg3　　　7. hxd6+

88：1. ab4! bxd4　　2. de3 fxd2　　　3. ba3 dxb2　　4. axe3! axc3
　　5. ed2 cxe1　　6. gh4 exg3　　　7. hxh6+

89：1. dc5! bxd4　　2. de3 fxd2　　　3. ab6 cxa5　　4. ba3 dxb2
　　5. axe3 axc3　　6. ed2 cxe1　　7. gh4 exg3　　8. hxh6+

90：1. hg5! hxf4　　2. dc5 bxd4　　　3. de3 fxd2　　4. ba3 dxb2
　　5. axe3 axc3　　6. ed2 cxe1　　7. gh4 exg3　　8. hxh6+

91：1. de3! fxd2　　2. gf4 gxe3　　　3. dxf2 bxd4　　4. ba3 dxb2
　　5. axe3 axc3　　6. ed2 exg3　　7. hxh6+

92：1. dc3! de5　　　2. dc5! cd6　　　3. ba3 dxd2　　4. cxg5 fxh4
　　5. ab4 axc3　　6. ed2 cxe1　　　7. gf2 exg3　　8. hxh6+

93：1. fg5! hxf4　　2. de3 fxd2　　　3. cxe1 axc3　　4. gh4 dxb4
　　5. ed2 cxe1　　6. gf2 fxg3　　　7. hxh6+

94：1. fg3! exc3　　2. ab2! cxa1　　　3. ab4 axc3　　4. cb2 cxa5
　　5. bxd4 axe5　　6. gf4 exg3　　　7. hxa3+

95：1. cd4! exc3!　(1. ··· axc3　2. dxb2 dxb4　3. gf4+)
　　2. ab2! cxa1　　3. de3axc3　　　4. cb2 dxb4　　5. bxd4 axe5
　　6. gf4 exg3　　7. hxa3+

96：1. cd4! exc3　(1. ··· axc3　2. dxb4 exa5　3. ab4 axc3　4. gh4 dxb4
　　5. ed2 cxg3　6. hxa3+)　　　　　2. ab2! cxa1　　3. de3 axc3
　　4. ab4! cxa5　　5. ed4 dxb4　　6. fe3 axe5　　7. gf4 exg3
　　8. hxa3+

　　　　　　　2. ab2! cxd6　　3. fg3 axc5　　4. cd4 cxe3

　　　　　　　6. hxf2+

　　　　　　　fg3! fe3　　3. cd2! excl　　4. cd4 cxe3

　　　　　　　6. axc5 cxd6　　7. gf4 dxf4　　8. hxf2+

　　　　　ac5 (1. ··· ab6　2. fe5 dxb4　3. de5+)　　2. dxb6 axc5

　　　　cd4 cb4　　4. cd2 axcl　　5. de5 fxf2　　6. hxd8 cxg5　　7. dxa5+

　　1. cb6! cxa5　　2. dc5 ba7　　3. gh2 dc7　　4. cd4! axg3

　　　　5. hxf4 dxb4　　6. fe5 fxf2　　7. hxh4 ab6　　8. hf2 ba5

　　　　9. fel hg5　　10. ed2 gh4　　11. del+

101：1. ab4! ca3　　2. cb2 axcl　　3. dc3 cxf4　　4. cd4 exc3

　　　　5. gxg7 hxf8　　6. hxd2+

102：1. cb2! axcl　　2. ab2 cxa3　　3. cb4 axc5　　4. fg3 cxf2

　　　　5. gxg7 fxh6　　6. hxa5 fh4　　7. gf2 hxc3　　8. axd2+

103：1. fg3 fe3　　2. cd4! ef2　　3. gf4 fg1　　4. ef2 gxg5

　　　　5. de5 fxd6　　6. axc7 dxb6　　7. hxa5+

104：1. ba5 dxb4　　2. axc7 dxb6　　3. de5 fxf2　　4. exg3 gxe3

　　　　5. gf4 exg5　　6. hxel+

105：1. dc3 bxd2　　2. gf2 dxb4　　3. cb2! axcl　　4. fe5 dxd6

　　　　5. fe3 cxf4　　6. gxc7 dxb6　　7. de5 fxd4　　8. hxf6+

106：1. cd4! exa5　　2. ed4 cxe3　　3. ab4 axc3　　4. gf4 exg5

　　　　5. hxd2 gf6　　6. df4! fe5　　7. fe3+

107：1. fg5! excl　　2. gf6 exg7　　3. cd4 cxe3　　4. ab4 cxc5

　　　　5. gf4 exg5　　6. hxh8 fg7　　7. hxc7 bxd6　　8. ed2+

108：1. ef4! gxc5　　2. cd4 cxe3　　3. hg3 fxd4　　4. bc3 dxb2

　　　　5. cxc5 bxd4　　6. gf4 exg5　　7. hxe3+

109：1. ef4 gxe3 (1. ··· cxe3　2. fxd2 fxd4　3. hxh8+)　　2. gh2 exgl

　　　　3. hg3 cxe3　　4. ef2 fxd4　　5. gf4 exg5　　6. hxh8! gxe3　7. hxcl+

110：1. ed4! cxe3　　2. bc3! bxd2　　3. cb2 axcl　　4. ab2 cxa3

　　　　5. ed6 axe7　　6. gf4 exg5　　7. hxel+

111：1. cb2! axcl　　2. cb4! axel　　3. cb6 fxd2　　4. bc7 dxb6

　　　　5. ab2 cxa3　　6. gh4 exg3　　7. hxel axe7　　8. hxel+

112：1. dc5 de7　　2. cb6 axa3　　3. ab2 axcl　　4. cb4 axc3

　　　　5. gf4 cxg5　　6. hxd2+

113：1. dc3!　(1. bc3? ef6!　2. cxa5 fg5　3. hxf6 exel) bxd2

　　　　2. ab4 cxa3　　3. bc3 dxb4　　4. cb2 axcl　　5. dc5 bxd4

　　　　6. exa3 cxg5　　7. hxa5+

114：1. gf4! exg3　　2. cd2! axf4　　3. gh2 cxa3　　4. cb4 axc5

　　　　5. fe3 fxd2　　6. hxf4 cxg5　　7. hxh8+

115: 1. cd4! exc3　2. cd2 cxe1　　3. ab2 axc1　　4. gh4! exe5
　　5. ef4 exg3 (5. ··· cxg5　6. hxh8+)　　6. hxf4 cxg5　7. h

116: 1. dc5! bxd4　2. cxe5 fxd4　　3. bc3 dxb2　　4. dc3 bxd4
　　5. cb2 axc1　6. gf4 cxg5　　7. hxg1+

117: 1. cb4! cxa3　2. cb2 axc1　　3. ed4 cxg5　　4. gf2! hxf4
　　5. dc5 bxd4　6. fe3 dxf2　　7. exg7 fxh6　　8. hxa5+

118: 1. cb2! axc1　2. ed2! cxa3　　3. ab2 cxe3　　4. fxd4 axc1
　　5. de5 fxd4　6. gh6 cxg5　　7. hxe3+

119: 1. hg3! bxd6　2. dc5 dxb4　　3. fe5 fxd4　　4. dc3 bxd2
　　5. cxc5 axc1　6. gf4 cxg5　　7. hxa5+

120: 1. ab4! cxa3　2. ed4! gh6　　3. dc5 dxd2　　4. cxe3 axc1
　　5. ed4 cxg5　6. ed5 fxd4　　7. hxg1+

121: 1. de5! fxd4　2. ab6! axc5 (2. ··· cxa5　3. de3 fxd2　4. exc7+)
　　3. ab4 cxa3　4. de3 fxd2　　5. cxc5 dxb4 (5. ··· axc1　6. fg3)
　　6. fg3 axc1　7. gf4 cxg5　　8. hxh8+

122: 1. fg3! bxd6 (1. ··· hxf4　2. gf2)　　2. gf2 hxf4
　　3. de5 fxd4　4. de3 fxd2　　5. cxc5 dxb4 (5. ··· axc1　6. fg3)
　　6. fg3 axc1　7. gf4 cxg5　　8. hxd2+

123: 1. fe5! fg7　2. cb2! axc1　　3. cb4 axc3　　4. dxb2 cxa3 (4. ··· fxd4
　　5. hg3)　5. hg3 fxd4　　6. ab2 axc1　　7. gf4 cxg5　8. hxg1+

124: 1. ab4! cxa3 (1. ··· cxg5　2. bc5 bxd4　3. cxg7 fxh6　4. hxa5+)
　　2. dc5 bxd4　3. cxg7 fxh6　　4. cd2 axg5　5. hxa5 hg5
　　6. ad2 gh4　7. de1 ab6　　8. ef2 ba5　9. fe1+

125: 1. gf2! exg1　2. gf4 exg3　　3. cxc7 axc3　　4. hxf4 dxb6
　　5. bxd4 gxc5　6. ab4 cxa3　　7. ab2 cxg5　8. hxa5+

126: 1. fg3 cxa3　2. cb2 axc1　　3. ed4 exg5　　4. ab2 hxf4
　　5. de5 fxd4　6. cxc7 dxb6　　7. hxa5+

127: 1. cd4! ha3 (1. ··· bc3　2. ba3 cxe5　3. fxf8+)　　2. gh4! axc1
　　3. de5 fxd4　4. exc5 gxg1　　5. hg3 gxb6　6. axc7 dxb6
　　7. gf4 cxg5　8. hxa5+

128: 1. ab2! fxh6　2. ab4 cxa3　　3. gh2 exg1　　4. cxc5 gxb6
　　5. axc7 dxb6　6. hg3 axc1　　7. gf4 cxg5　8. hxa5+

129: 1. cd4 ba3　2. dc5! cd6　　3. ab6! dxb4　　4. bc7 dxb6
　　5. cb2 axc1　6. ed4 cxg5　　7. de5 fxd4　8. hxh8+

130: 1. dc3! bxd2　2. cxe3 dxb4　　3. ed4! exc3　　4. ed2 cxe1
　　5. ab2 axc1　6. gf2 exg3　　7. hxf4 cxg5　8. hxh8+

131: 1. cb4! cxa3　2. axc5 dxb4　　3. ed4 exc3　　4. ed2 cxe1
　　5. cb2 axc1　6. gh4 exg3　　7. hxf4 cxg5　8. hxd2+

xh8+

5   2. cb4! axc3   3. ed2 cxe1   4. cb2 axc1
    6. hxf4 cxg5   7. hxf2+

、de3 fxd2   3. cxc5 dxb4   4. gf4! exe1
    6. gf2 exg3   7. hxf4 cxg5   8. hxh8+

exc3   2. ed2 cxe1   3. ed4 cxe3   4. ab4 axc3
cd2 exc1   6. gf2 exg3   7. hxf4 cxg5   8. hxd2+

. 1. ef6! gxc3   2. gh4 gxe3   3. ed2 cxe1   4. ab4 axc3
    5. cd2 exc1   6. gf2 exg3   7. hxf4 cxg5   8. hxd2+

136: 1. dc5! de5 (1. ··· cb6 2. ab2 bxd4 3. cxc7+; 1. ··· gf6 2. de3 bxf4
     3. gxg7 dxb4 4. gh8+)   2. cd4! exe1   3. cb6 axc5
     4. cb2 axc1   5. gh4 exg3   6. hxf4 cxg5   7. hxh8+

137: 1. be3! cxe5   2. cd4! exc3   3. cb6 axc7   4. ef2 cxe1
     5. cb2 axc1   6. gh4 exg3   7. hxf4 cxg5   8. hxh8+

138: 1. ab4! cxa3   2. cd4 exe1   3. gxg7 fxh6   4. ab2 axc1
     5. gf2 exg3   6. hxf4 cxg5   7. hxa5+

139: 1. ab4! cxa3   2. cd4 exe1   3. gxe5 fxd4   4. cb2 axc1
     5. gf2 exg3   6. hxf4 cxg5   7. hxe3+

140: 1. ed4! exe1   2. fg5 hxf4   3. gxg7 fxh6   4. cb2 axc1
     5. gf2 exg3   6. hxf4 cxg5   7. hxe1+

141: 1. ef4! (1. bc7? dxb6 2. axc7 dc5 3. cd8 bc7 4. dxd4 exc3=) exe1
     2. bc7 dxb6   3. axg7 fxh6   4. cb2 axc1   5. gf2 exg3
     6. hxf4 cxg5   7. hxd8+

142: 1. cd4! exc3   2. fe5 fxd4   3. ef2 cxe1   4. axc7 dxb6
     5. cb2 axc1   6. gh4 exg3   7. hxf4 cxg5   8. hxa5+

143: 1. ef4! exc3   2. fe5 fxd4   3. ed2 cxe1   4. cb2 axc1
     5. gh4 exg3   6. hxf4 cxg5   7. hxg1+

144: 1. fe5! dc3   2. exg7 fxh6   3. ed2 cxe1   4. cb2 axc1
     5. gh4 exg3   6. hxf4 cxg5   7. hxb6+

145: 1. dc5! bxd4   2. exc5 gf6 (2. ··· cb6 3. gh4 bxd4 4. dc3 bxd2 5. exc7+)
     3. dc3! bxd2   4. cxe3 axc1   5. gh4 dxb4   6. ed4 cxg5
     7. de5 fxd4   8. hxh8+

146: 1. gh4! dxd2   2. dc5! bxd4   3. gh2 exg1   4. cxc5 gxb6 (4. ··· axc1
     5. hg3)   5. hg3 axc1   6. gf4 cxg5   7. hxa5+

147: 1. gf2! cxa3   2. cd2! axc1   3. cd4 exe1   4. ed4 cxg5
     5. dc5 dxb4   6. gh4 exg3   7. hxh4+

148: 1. ef6! gxe7 (1. gxe5 2. cd4! exc3 3. ed2 cxe1 4. gh4 exe5 hxd8+)
     2. ad4 cxa3   3. cb2 axc1   4. cb4 axc3   5. ed2 cxe1
     6. ed4 cxg5   7. dc5 dxb4   8. gh4 exg3   9. hxh4+

168

149：1. ab4! cxa3   2. cb2 axc1   3. cd4 exc3   4. dxb4 axc3
   5. ed2 cxe1   6. ed4 cxg5   7. dc5 dxb4   8. gh4 exg3   9.

150：1. de3! cxa3   2. cd2 axc1   3. cd4 exc3   4. dxb4 axc3
   5. ed2 cxe1   6. ed4 cxg5   7. dc5 dxb4   8. gh4 exg3   9. hxh

151：1. gf2! gxe5   2. ed4 exa5   3. ab4 axc3   4. hg3 dxb4
   5. ed2 cxe1   6. gh4 exg3   7. hxh4+

152：1. cd4! exc3   2. ed4 cxe5   3. de3 axc3   4. hg3 dxb4
   5. ed2 cxe1   6. gh4 exg3   7. hxh4+

153：1. cb6! cd6   2. cd4! exc3   3. fg3 axc7   4. bc5 dxb4
   5. ef2 cxe1   6. gh4 exg3   7. hxh4+

154：1. dc5! bxd4   2. cxc7 axe1   (2. ··· dxb6   3. fe5)
   3. fe5! dxb6   4. bc3 exa5 (exb4)   5. cd2 axe1
   6. ef6 gxe5   7. ed4 exc3   8. gh4 exg3   9. hxh4+

155：1. gf2! dc5   2. cb4 exe1   3. bxb8 fxd2   4. axc7 dxb6
   5. be5! fxd4   6. gh4 exg3   7. hxh4+

156：1. ef6! gxe5   (1. ··· dxb2   2. fxb6 axc7   3. axc1+)
   2. ab4! dxb2   3. dc3 bxd4   4. hg3 axc3   5. ed2 cxe1
   6. hg4 exg3   7. hxh4+

157：1. de5! fxd4   2. exc5 bxd4   3. ab4 axa1   4. cb2 axc3
   5. ed2 cxe1   6. gh4 exg3   7. hxh4+

158：1. fe5! fxb2   2. dc3 bxd4   3. exc5 axc3   4. hg3 bxd4
   5. ed2 cxe1   6. gh4 exg3   7. hxh4+

159：1. ab4! cxa3   2. ab2 axc1   3. cb4 axc3   4. ed2 cxe1
   5. ed4 cxg5   6. de5 fxd4   7. gh4 exg3   8. hxh4+

160：1. ef6! gxe7   2. ab4 cxa3   3. cd2 axe1   4. cb4 axe1
   5. ed4 cxg5   6. dc5 bxd4   7. gh4 exg3   8. hxh4+

161：1. ed2! ba3   2. de5! axc1   3. ef6 gxe7   4. cb4 axe1
   5. ed4 cxg5   6. dc5 bxd4   7. gh4 exg3   8. hxh4+

162：1. de5! axc3   (1. ··· fxb6   2. bc5 bxd4   3. ab4 axc3   4. ed2 cxe1
   5. gh4 exg3   6. hxh4+)   2. exg7 fxh6   3. ed2 cxe1
   4. ab4! exa5   5. cb6 axc5   6. cd2 axe1   7. gh4 exg3   8. hxh4+

163：1. cb2! axc1   2. fe3 cxa3   3. axe7 fxd6   4. cd4 exc3
   5. ed4 cxe5   6. gh6 cxg5   7. hxb4! axc5   8. hxd8+

164：1. ed2! ab6   2. gf4 exg3   3. cxe5 dxf4   4. bxd6 cxe5
   5. axc7 bxd6   6. de3 fxd2   7. hxf4 exg3   8. bc3 dxb4
   9. axe7 fxd6   10. hxc5+

(1. ··· cxg5　2. hxb6 axc7　3. fg3! hxf4　4. de3 fxd2

axe7 fxd6　7. hxc5+)　2.fg3! cxg5

··· hxf4　4. gf2)　4. gf2 hxf4

bc3 dxb4　7. axe7 fxd6　8. hxc5+

(1. ··· ba5　2. bc5 dxb4　3. axc5)　2. fe3! fg3

gh2　4. de3! exg3　5. ef2 gxe1　6. ed4 cxe3

ba5 exb4　8. axe7 fxd6　9. hxg1+

167：1. fe3 dxf2　2. gxe3 hxd4　3. dc3 exg3　4. cxc7 bxd6

5. ef2 gxe1　6. bc3 exb4　7. axe7 fxd6　8. hxa3+

168：1. fe3! hxd4　2. ef2 exb4　3. axe7 fxd6　4. hxg1 bc5

5. gxd8 bc7　6. dxb6 axc5　7. ab6! cxa7　8. bc3+

169：1. ba3! dxb2　2. fxd4 exc3　3. hg5 fxh4　4. cd2 cxe1

5. axc3 exb4　6. axe7 fxd6　7. hxc5+

170：1. dc3! exg3　2. cxe5 dxd2　3. bxd6 cxe5　4. exc3! gxb4

5. axc7 bxd6　6. axe7 fxd6　7. hxc5+

171：1. ed4! exg3　2. de5 dxf4　3. bc5 bxd4　4. cxe5 fxd6

5. gf2 gxe1　6. bxc3 exb4　7. axe7 fxb6　8. bxa3+

172：1. de5! fg3　2. ab2 dxf4　3. gf2 gxe1　4. de3 fxd2

5. bc5 bxd6　6. bc3 exb4　7. axe7 fxd6　8. hxa3+

173：1. cb4! gxc5　2. bxd6 cxe5 (2. ··· hxf4　3. gf2)　3. axc7 bxd6

4. gf2 hxf4　5. fe3 fxd2　6. bc3 dxb4　7. axe7 fxd6

8. hxc5 ef4　9. ef2+

174：1. dc3! bxd2　2. gf6 exe3　3. bc3 dxb4　4. gf4 exg3

5. hxb6 axc7　6. axe7 fxd6　7. hxa3+

175：1. dc3 bxd2　2. cb6! ac5 (2. ··· axc7　3. gf6 exe3　4. bc3 dxb4

5. axe7 fxd6　6. hxf2+)　3. gf6 exe3　4. bc3 dxb4

5. gf4 exg3 (exg5)　6. hxb6 axc7　7. axe7 fxd6　8. hxa3+

176：1. cd6! exe3　2. cd2 exc1　3. ed2 cxd6　4. gf2 gxe1

5. bc3 exb4　6. axe7 fxd6　7. hxa3+

177：1. ef2! gxe1 (1. ··· gxe5　2. ed4 cxe3　3. axe7 fxd6　4. hxh6+)

2. gf2 exe5　3. ed4 cxe3　4. axe7 fxd6　5. hxf4 exg3　6. hxf4+

178：1. ef4! cxe1　2. fe3 exh4　3. gf2 hxe1　4. fg5 fxh4

5. ed4 cxe3　6. axe7 fxd6　7. hxf2! exg3　8. hxf4+

179：1. fg3! cxe1 (1. ··· hxf2　2. gxe3 cxe1　3. fg5)　2. fg5! hxf2

3. gxe3 fxh4　4. ed4 cxe3　5. axe7 fxd6　6. hxf2 exg3　7. hxf4+

180：1. ef4! gxe5　2. cb2! ef4　3. bc5 dxd2　4. dc5 bxd4

5. bc3 dxb2 (dxb4)　6. axe7 fxd6　7. hxa3+

181：1. cd4! exc3　　2. gf2! gxe5　　3. fg3 hxf4　　4. ab2! cxa1
　　　5. dc3 axd4　　6. bc5 dxb4　　7. axe7 fxd6　　8. hxa7+

182：1. cb2! axc1　　2. gf6 exg5　　3. fxh6 cxd6　　4. cd4 cxe3
　　　5. axe7 fxd6　　6. hxg1+

183：1. de3! dxf2　　2. ab6! cxc3　　3. cb2 axc1　　4. gh6 cxg5
　　　5. hxb6 fxh4　　6. bc7 dxb6　　7. axe7 fxd6　　8. hxd2+

184：1. gf4! exe1　　2. de3 exb4　　3. hg5 fxh4　　4. hg3 hxf2
　　　5. dc5 fxb6　　6. axe7 fxd6　　7. hxa3+

185：1. fg3! hxf2　　2. ed6 exc5　　3. dxb6 fxd4　　4. fg5 fxh4
　　　5. hg3 hxf2　　6. gxc5 bxd6　　7. bc7 dxb6　　8. axe7 fxd6　　9. hxc5+

186：1. hg3! gh4　　2. ed4 hxf2　　3. dc5 bxf6　　4. fe5 fxd4
　　　5. bc3 dxb2 (bxd2)　　　　6. cxe7 fxd6　　7. hxg1+

187：1. fg5! fxh4　　2. ed2! dxf4　　3. de5 fxd6　　4. fg3 hxf2
　　　5. de3 fxd4　　6. bc3 dxb2 (bxd2)　　7. cxe7 fxd6　　8. hxa3+

188：1. gf2! fxd4　　2. bc5! dxb4　　3. fe5 dxf6　　4. fg3 hxf4
　　　5. dc3 bxd2　　6. cxe7 fxd6　　7. hxa7+

189：1. dc5! bxf2　　2. hg5 fxh4 (2. ··· fxh4　3. gxa3)　　3. de3 fxd4
　　　4. ed2 hxf2　　5. dc3 dxb2 (bxd2)　　　　6. cxe7 fxd6　　7. hxg1+

190：1. ab6! cxa5　　2. dc5! dxb4　　3. fg5 fe5　　4. gf2! hxf6
　　　5. fg3 hxf4　　6. bc3 bxd2　　7. cxe7 fxd6　　8. hxa3+

191：1. dc3! bxd2　　2. dc5 dxb4　　3. fg5 dxf4　　4. gxe7 dxf6
　　　5. bc3 bxd2　　6. cxe7 fxd6　　7. hxa3+

192：1. dc3! bxd2　　2. bc3 dxb4　　3. cb2 axc1　　4. ed4 cxg5
　　　5. hxb6 axc7 (5. ··· hxf4　6. dc5)　　6. dc5 hxf4
　　　7. cxe7 fxd6　　8. hxa3+

193：1. bc3! dxb2　　2. fe3! axe1　　3. exe7 fxd6　　4. hxc1 ea5
　　　5. cd2 axc1　　6. gf2 exg3　　7. hxf2+

194：1. gf2! cxa3　　2. fe5! dxf4　　3. exe7 dxf6 (3. ··· fd6　4. hg5 hf4
　　　5. cd4+)　　4. fe3 hxf4　　5. exe7 fxd6　　6. hxb4! axc5　7. dc3+

195：1. ed4! exe1　　2. de3 exb4　　3. hg3 hxf2　　4. dc5 bxd4
　　　5. exe7 fxd6　　6. hxa3 fe1　　7. bc3 exb4　　8. axf8+

196：1. cb6! cxa5　　2. dc5 gxe5　　3. ed2! ed4　　4. gf2 dxb6
　　　5. fg3 hxf4　　6. exe7 fxd6　　7. hxa3+

197：1. fg5! fxh4　　2. ef2 bxf4　　3. fe3! fxd2　　4. bc3 dxb4
　　　5. dc5 bxd4　　6. hg3 hxf2　　7. gxe7 fxd6　　8. hxa3+

198：1. ab4! cxc1　　2. cb4! axc3　　3. fg5 cxf4　　4. gxe7 dxf6
　　　5. fg3 hxf2　　6. gxc7 fxd6　　7. hxd2+

2. dc3 bxd4	3. ef2 axc3	4. hg5 fxh4	
6. gxe7 fxd6	7. hxe1+		
gh4! exb4	3. dc5 bxd4	4. hg5 fxh4	
6. gxe7 fxd6	7. hxa3+		
...xc3	2. gf4! exe1	3. ab4 cxa5	4. cd2 exc3
...3 hxf2	6. gxe7 fxd6	7. hxd2+	

1. ba3! dxb2　2. dc3 bxd4　3. gf4 exe1　4. cd2 exc3

5. hg3 hxf2　6. gxe7 fxd6　7. hxe1+

203: 1. bc5! dxb4　2. de3 fxd2　3. fe3 dxf4　4. ef2 bxd2

5. dc5 bxd4　6. fe3 dxf2　7. gxe7 fxd6　8. hxe1+

204: 1. ab4! axc3　2. cb2 cxa1　3. fe3 fxd2　4. exc3 axd4

5. hg5 fxh4　6. hg3 hxf2　7. gxe7 fxd6　8. hxc5+

205: 1. cd4! exc3　2. cb2! cxa1　3. ed2 gxe5　4. dc3 axd4

5. hg3 hxf2　6. gxe7 fxd6　7. hxa7+

206: 1. bc5! bxd4　2. fg5! fxf2　3. dxf4 exg3　4. gxe7 fxd6

5. hxb4! gf2　6. hg3 hxh4　7. be1 cd6　8. cd2 de5　9. de3+

207: 1. gh4! axc3　2. ed4! cxe5　(2. ··· cxe3　3. fxb2)

3. fg3! ed4　4. ab4 cxa3　5. hg5 fxf2　6. gxe7 fxd6　7. hxc5+

208: 1. fe3 gf2　2. hg5! fxb2　3. dc3 bxd4　4. gf2 axc3

5. fg3 hxf4　6. gxe7 fxd6　7. hxe1+

209: 1. ab4! ef6　(1. ··· cb6　2. cxc7 bxd8　3. fe5)　2. gf2! fxb2

3. dc3 bxd4　4. fg5 axc3　5. fg3 hxf4　6. gxe7 fxd6　7. hxe1+

210: 1. dc5! bxd4　2. cxe5 axa1　(2. ··· fxd4　3. fg3)

3. fg3 fxd4　4. cb2 axc3　5. fg5 hxf4　6. gxe7 fxd2　7. hxe1+

211: 1. ef6! dxb2　(1. ··· gxe5　2. hg5)　2. hg5! gxe5

3. gf6 exg7　4. dc3 bxd4　5. fg5 hxf4　6. gxe7 fxd6　7. hxa7+

212: 1. de7! df6　2. dc3 gh4　3. cb2! ac1　4. cb4 ac3

5. fg5 cf4　6. gxe7 fxd6　7. hxh6+

213: 1. bc5! dxd2　2. fxd6 dxf4　3. ab4 axc3　4. de7 fxd6

5. h6xf8xb4xd2xg5xe7 dxf6　6. hxf4+

214: 1. fe3! dxf2　2. de3 fxd4　3. ba3 gxe3　4. axc5 dxb6

5. de7 fxd6　6. hxf2 ba5　7. fe1+

215: 1. fe5! dxf4　2. dc3 fxd2　3. h2xf4 gxc5　4. bxd6 dxb4

5. axc5 bxd4　6. de7 fxd6　7. hxg1+

216: 1. fg5! axe1　2. cd6 exc5　3. dxd8 fxf2　4. da5! hxf6

5. cd2 exc3　6. axe7 fxd6　7. hxa3+

217: 1. gf4! exg3　2. ed2 gxe1　3. ab4 cxc1　4. ef4 cxg5

5. hxd8 exb4　6. de7 fxd6　7. hxa3+

218：1. ed2! cxe1　　2. ed4 cxg5　　3. hxd8 exh4　　4. hg3! hxe1（4.
　　　5. de7 fxd6　　6. hxg1+)　　5. cd2 exc3（5. ⋯ exb4　6.de7)
　　　6. de7 fxd6　　7. hxe1+

219：1. ab4! cxa3　　2. cb2 axc1　　3. hg5 fxf2　　4. dxd8 fxb2
　　　5. dg5! cxe3　　6. gxe7 fxd6　　7. hxa7+

220：1. cd4! cb4　　2. bc3 bxd2　　3. fe5 dxf4（3. ⋯ d6xf4　4. exe7 fxd6
　　　5. hxe1)　　4. exc7 fg3　　5. de5! fxd4　　6. cd8 gh2
　　　7. de7+ fxd6　　8. hxg1+

221：1. hg5! fe3　　2. ab6! exg1　　3. bc7 dxb6　　4. axe3 gxa1
　　　5. cb2 axc3（axd4)　　　　6. gf6 exg7　　7. hxe1+

222：1. dc3! ba1（1. ⋯ bc1　2. cb4 cxg5　3. hxa5+)　2. ed6! exg5
　　　3. hxf6 axg7　　4. hxf8 ba5　　5. fh6! ab4　　6. hd2 ba3　　　7. dc3+

图书在版编目（CIP）数据

国际跳棋战术组合. 64格俄罗斯规则 / 杨永，常忠宪，张坦编著. —北京：人民体育出版社，2011.8
ISBN 978-7-5009-4000-5

Ⅰ.①国… Ⅱ.①杨…②常…③张… Ⅲ.棋类运动-基本知识 Ⅳ.G891.9

中国版本图书馆 CIP 数据核字（2010）第 241882 号

*

人民体育出版社出版发行
三河兴达印务有限公司印刷
新 华 书 店 经 销

*

787×1092 16 开本 11.5 印张 248 千字
2011 年 8 月第 1 版 2011 年 8 月第 1 次印刷
印数：1—6,000 册

*

ISBN 978-7-5009-4000-5
定价：25.00 元

社址：北京市东城区体育馆路 8 号（天坛公园东门）
电话：67151482 （发行部）　　邮编：100061
传真：67151483　　　　　　　邮购：67118491
网址：www.sportspublish.com
（购买本社图书，如遇有缺损页可与发行部联系）

48: 1. cb6! cxa5   2. dc5! bxd6   3. cb2 axc1   4. de3 cxf4
    5. fg3 hxf2   6. exc7 dxb6   7. fxd8+

49: 1. hg5! fg3   2. gh2! gf2   3. de3 fxd4   4. cxe5 axa1
    5. gf6 ad4   6. fxh8 dxf6   7. hxa1+

50: 1. bc3! bxd2   2. cb2 axc1   3. ab2 cxa3   4. gf2! exg1
    5. gf6 gxb6   6. hg5 axe7   7. fxe1+

51: 1. cd6! cb6   2. de7 fxd6   3. cd4! exe1 (3. ··· exa5 4. dc3 fxb4
    5. hxa3+)   4. cd2! exa5   5. ab2 fxd2   6. hxe1 bc5   7. bc3+

52: 1. ef2! gxe1   2. de3 fxd2   3. ba5 dxb4   4. axc7 bxd6
    5. axe7 fxd6   6. gf2 exg3   7. hxc5+

53: 1. hg5! exg1   2. gf6 exg5   3. ef2 gxe3   4. gf4 exg3
    5. cxc7 dxb6   6. hxb4 axc3   7. bxf2+

54: 1. de3! fxd2   2. dc5 bxd4   3. ab6 cxa5   4. ba3 dxb2
    5. axe3 axc3   6. gf4 cxg3   7. hxd2+

55: 1. gh2! dxf2   2. bc7 dxd4   3. de3 fxd2   4. hxg1 dc1 (4. ··· de1
    5. bc3 eh4 6. gf2 hxe1 7. ba5 exb4 8. axc3+)   5. gc5 cxa5
    6. gf8 axc5   7. fxa3+

56: 1. gf4! exg3   2. cd4 axe5   3. gh2 gf4 (3. ··· ef4 4. fe3 fxd2
    5. hxa7+)   4. fe3 fxd2   5. hxh6 hg3   6. cxe3 gh2   7. ef2+

57: 1. ed4! cxg5   2. cb4 axc3   3. gf4 exe1 (3. ··· gxe3 4. fxh8 cd2
    5. hg3 hxf2 6. gxc1+)   4. gf2 exg3   5. hxe1 ab6
    6. ef2 ba5   7. fe1+

58: 1. gf4! exg5   2. bc5 bxd4   3. ab6 cxa5   4. ab4 axc3
    5. ed2 cxe1   6. gf2 exg3   7. hxg1+

59: 1. gf4! exg5   2. cb4! axa1 (2. ··· exa1 3. fe3) 3. fe3 exc3
    4. ed2 cxe1   5. ed4 axe5   6. gf2 exg3   7. hxa7+

60: 1. cb6! axc5   2. ed4! cxe3   3. gf4 exg5   4. ab4 axc3
    5. cd2 cxe1   6. gf2 exg3   7. hxb8+

61: 1. fg5! hxf4   2. exe7 dxf6 (2. ··· dxf8 3. gf4 cxg5 4. hxh8+; 2. ··· cxe3
    3. exa7+)   3. dc3! cxe3   4. gf4 exg5   5. cb4 axc3
    6. cd2 cxe1   7. gf2 exg3   8. hxa7+

62: 1. dc5! bxd4   2. ab6! cxa5   3. de3 fxd2 (dxf2)
    4. exc7 dxb6   5. ab4 axc3   6. cd2 cxe1   7. gf2 exg3   8. hxa7+

63: 1. bc5! bxb2   2. dc3 bxd4   3. fe3 fxd2 (dxf2)
    4. exe5 fxd4   5. ab4 axc3   6. cd2 cxe1   7. gf2 exg3   8. hxf2+

64: 1. cd4! exa5   2. gh2 bxd4   3. de3 fxd2   4. exe5 fxd4
    5. ab4 axc3   6. cd2 cxg3   7. hxf2+

65：1. cd4! exc3　　2. bc5 bxf2　　3. exe5 cxe1　　4. ab4! axc3
　　　5. ed6 exc5　　6. gf2 exg3　　7. hxe1 ab6　　8. ef2 ba5　　　9. fe1+

66：1. de5! fxb2　　2. dc3 bxd4　　3. bc5 dxb4　　4. axg3 cxa5
　　　5. ab4 axc3　　6. cd2 cxe1　　7. gh4 exg3　　8. hxa3+

67：1. cd6! cxe1　　2. ab2 fxd2　　3. bc3 dxb4　　4. axc5 dxb4
　　　5. gf2 exg3　　6. hxa5 hg3　　7. ab6+

68：1. fe3! cxe1　　2. bc5! fxd2　　3. bc7 bxb4　　4. axc3 dxb4
　　　5. gf2 exg3　　6. hxa3 hg3　　7. ac5+

69：1. cb4! axe1　　2. cb2 fxd2　　3. bc3 dxb4　　4. axe7 fxd6
　　　5. gf2 exg3　　6. hxc5 hg3　　7. ab2+

70：1. dc5! cd6　　2. cb4! axe1　　3. ab2 dxb4　　4. bc3 bxd2
　　　5. cxe3 fxd2　　6. gf2 exg3　　7. hxe1+

71：1. cb4! exc3 (1. … axc3　2. dxb4! exa5　3. ab4 axc3　4. ed2 cxe1
　　　5. cb2 fxd2　6. gf2 exg3　7. hxe1+)　　2. ed4! cxe5
　　　3. de3 axc3　　4. ed2 cxe1　　5. cb2 fxd2　　6. bc3 dxb4
　　　7. axc5 bxd4　　8. gf2 exg3　　9. hxc5+

72：1. cd4! exe1 (1. … axe1　2. dxa5 fxd2　3. gf2 exg3　4. hxf8 de1　5. fd6 ef2
　　　6. ac3)　　2. bc5 fxd2　　3. cd6 exc5 (3. … cxe5　4. gf2 exg3
　　　5. hxc1+)　　4. gf2 exg3　　5. hxe1 cd6　　6. ab4 axc3　　7. exf8+

73：1. dc5! bxd4　　2. bc5 dxb6　　3. cd4! exa1　　4. gxe5 fxd4
　　　5. cb2 axc3　　6. ed2 cxg3　　7. hxf2+

74：1. cb2! axc1　　2. ab2! cxd6　　3. cd4 ec3　　4. gxc7 dxb6
　　　5. dxb4 axc3　　6. ed2 cxg3　　7. hxa7+

75：1. de3! cxa3　　2. ab6! cxa5　　3. cb2 axf4　　4. gxc7 dxb6
　　　5. cb4 axc3　　6. ed2 cxg3　　7. hxa7+

76：1. ab6! cxa5　　2. ab4 cxa3　　3. ab2! axf4　　4. cd4 exc3
　　　5. gxc7 dxb6　　6. ed2 cxg3　　7. hxa3+

77：1. ab4! cxa3　　2. cd2 axc1　　3. cb4! axe1　　4. ed4 exc3
　　　5. fe3 cxf4　　6. gxc7 dxb6　　7. gf2 exg3　　8. hxe1+

78：1. ef4! cxg5　　2. cb4 axe1　　3. gh4 exg3　　4. h2xf4xd6xf8xh6xe3xa7+

79：1. dc5! (1. bc5? gh6!　2. cxa7 cb6　3. axc5 gf4　4. exg5 hxf4=) bxb
　　　2. gh2! axc3　　3. cd2 cxg3　　4. hxf4xd6xb8! bc1 (4. … ba1
　　　5. ed4 axe5　6. bd6+)　　5. gh2 cxf4　　6. hxh6 gf4　　7. hxe3+

80：1. dc5! bxb2　　2. dc3 bxd4　　3. exe7 fxd8 (3. … fxd6　4. ab4 axc3
　　　5. cd2 cxe1　6.gh4 exg3　7. hxa3+)　　4. ab4 axc3
　　　5. cd2 cxe1　　6. gh4 exg3　　7. hxf6 gxe5　　8. hxh8+

81：1. de3! f×b4　　2. ba3 e×c3　　3. a×e7 f×d8　(3. … f×d6　4. ed2 c×e1
　　5. gh4 e×g3　6. h×a3+)　　　4. ed2 c×e1　　5. gh4 e×g3
　　6. h×f6 g×e5　7. h×b8+

82：1. dc3 fd2　　2. c×e3! gf2　　3. ef4 fe1　　4. fg5! f×h4
　　5. cd4 a×e5　6. gf2 e×g3　　7. h×h6+

83：1. cd4! e×c3　(1. … a×c3　2. d×b4! e×a5　3. ab4 a×c3　4. ed2 c×e1
　　5. gh4 e×g3　6. h×a7+)　　2. cb2 c×a1　　3. de3 a×c3
　　4. ed2 c×e1　5. ed4 a×e5　　6. gh4 e×g3　　7. h×a7+

84：1. cd4! e×c3　(1. … a×c3　2. db4 e×a5　3. ab4 a×c3　4. ed2 ce1
　　5. gh4 e×g3　6. h×a3+)　　2. cb2 a×a1　　3. de3 a×c3
　　4. ed2 c×e1　5. ed4 a×e5　　6. gh4 e×g3　　7. h×c1+

85：1. cb4! e×a1　(1. … e×a1　2. de3+)　　2. de3 e×c3
　　3. hg4 d×b4　4. ed2 c×e1　　5. ed4 a×e5　　6. gf2 e×g3　　7. h×a5+

86：1. de3! f×d2　　2. c×e1 a×a1　(2. … e×a1　3. fe3+)　3. fe3! e×c3
　　4. ed2 c×e1　5. ed4 a×e5　　6. gf2 e×g3　　7. h×c1+

87：1. de5! d×f4　　2. cb6 c×a5　　3. de3 f×d2　　4. c×e1 a×c3
　　5. ed2 c×e1　6. gf2 e×g3　　7. h×d6+

88：1. ab4! b×d4　　2. de3 f×d2　　3. ba3 d×b2　　4. a×e3! a×c3
　　5. ed2 c×e1　6. gh4 e×g3　　7. h×h6+

89：1. dc5! b×d4　　2. de3 f×d2　　3. ab6 c×a5　　4. ba3 d×b2
　　5. a×e3 a×c3　6. ed2 c×e1　　7. gh4 e×g3　　8. h×h6+

90：1. hg5! h×f4　　2. dc5 b×d4　　3. de3 f×d2　　4. ba3 d×b2
　　5. a×e3 a×c3　6. ed2 c×e1　　7. gh4 e×g3　　8. h×h6+

91：1. de3! f×d2　　2. gf4 g×e3　　3. d×f2 b×d4　　4. ba3 d×b2
　　5. a×e3 a×c3　6. ed2 e×g3　　7. h×h6+

92：1. dc3! de5　　2. dc5! cd6　　3. ba3 d×d2　　4. c×g5 f×h4
　　5. ab4 a×c3　6. ed2 c×e1　　7. gf2 e×g3　　8. h×h6+

93：1. fg5! h×f4　　2. de3 f×d2　　3. c×e1 a×c3　　4. gh4 d×b4
　　5. ed2 c×e1　6. gf2 f×g3　　7. h×h6+

94：1. fg3! e×c3　　2. ab2! c×a1　　3. ab4 a×c3　　4. cb2 c×a5
　　5. b×d4 a×e5　6. gf4 e×g3　　7. h×a3+

95：1. cd4! e×c3!　(1. … a×c3　2. d×b2 d×b4　3. gf4+)
　　2. ab2! c×a1　3. de3a×c3　　4. cb2 d×b4　　5. b×d4 a×e5
　　6. gf4 e×g3　7. h×a3+

96：1. cd4! e×c3　(1. … a×c3　2. d×b4 e×a5　3. ab4 a×c3　4. gh4 d×b4
　　5. ed2 c×g3　6. h×a3+)　　2. ab2! c×a1　　3. de3 a×c3
　　4. ab4! c×a5　5. ed4 d×b4　　6. fe3 a×e5　　7. gf4 e×g3
　　8. h×a3+

97: 1. cb2! axc1　　2. ab2! cxd6　　3. fg3 axc5　　4. cd4 cxe3
　　5. gf4 dxg3　　6. hxf2+

98: 1. ab6! axc5　　2. fg3! fe3　　3. cd2! exc1　　4. cd4 cxe3
　　5. bc5 dxb4　　6. axc5 cxd6　　7. gf4 dxf4　　8. hxf2+

99: 1. ab2 dc5 (1. ··· ab6　2. fe5 dxb4　3. de5+)　　2. dxb6 axc5
　　3. cd4 cb4　　4. cd2 axc1　　5. de5 fxf2　　6. hxd8 cxg5　　7. dxa5+

100: 1. cb6! cxa5　　2. dc5 ba7　　3. gh2 dc7　　4. cd4! axg3
　　5. hxf4 dxb4　　6. fe5 fxf2　　7. hxh4 ab6　　8. hf2 ba5
　　9. fe1 hg5　　10. ed2 gh4　　11. de1+

101: 1. ab4! ca3　　2. cb2 axc1　　3. dc3 cxf4　　4. cd4 exc3
　　5. gxg7 hxf8　　6. hxd2+

102: 1. cb2! axc1　　2. ab2 cxa3　　3. cb4 axc5　　4. fg3 cxf2
　　5. gxg7 fxh6　　6. hxa5 fh4　　7. gf2 hxc3　　8. axd2+

103: 1. fg3 fe3　　2. cd4! ef2　　3. gf4 fg1　　4. ef2 gxg5
　　5. de5 fxd6　　6. axc7 dxb6　　7. hxa5+

104: 1. ba5 dxb4　　2. axc7 dxb6　　3. de5 fxf2　　4. exg3 gxe3
　　5. gf4 exg5　　6. hxe1+

105: 1. dc3 bxd2　　2. gf2 dxb4　　3. cb2! axc1　　4. fe5 dxd6
　　5. fe3 cxf4　　6. gxc7 dxb6　　7. de5 fxd4　　8. hxf6+

106: 1. cd4! exa5　　2. ed4 cxe3　　3. ab4 axc3　　4. gf4 exg5
　　5. hxd2 gf6　　6. df4! fe5　　7. fe3+

107: 1. fg5! exc1　　2. gf6 exg7　　3. cd4 cxe3　　4. ab4 cxc5
　　5. gf4 exg5　　6. hxh8 fg7　　7. hxc7 bxd6　　8. ed2+

108: 1. ef4! gxc5　　2. cd4 cxe3　　3. hg3 fxd4　　4. bc3 dxb2
　　5. cxc5 bxd4　　6. gf4 exg5　　7. hxe3+

109: 1. ef4 gxe3 (1. ··· cxe3　2. fxd2 fxd4　3. hxh8+)　　2. gh2 exg1
　　3. hg3 cxe3　　4. ef2 fxd4　　5. gf4 exg5　　6. hxh8! gxe3　　7. hxc1+

110: 1. ed4! cxe3　　2. bc3! bxd2　　3. cb2 axc1　　4. ab2 cxa3
　　5. ed6 axe7　　6. gf4 exg5　　7. hxe1+

111: 1. cb2! axc1　　2. cb4! axe1　　3. cb6 fxd2　　4. bc7 dxb6
　　5. ab2 cxa3　　6. gh4 exg3　　7. hxe1 axe7　　8. hxe1+

112: 1. dc5 de7　　2. cb6 axa3　　3. ab2 axc1　　4. cb4 axc3
　　5. gf4 cxg5　　6. hxd2+

113: 1. dc3! (1. bc3? ef6!　2. cxa5 fg5　3. hxf6 exe1) bxd2
　　2. ab4 cxa3　　3. bc3 dxb4　　4. cb2 axc1　　5. dc5 bxd4
　　6. exa3 cxg5　　7. hxa5+

114: 1. gf4! exg3　　2. cd2! axf4　　3. gh2 cxa3　　4. cb4 axc5
　　5. fe3 fxd2　　6. hxf4 cxg5　　7. hxh8+

115: 1. cd4! exc3　2. cd2 cxe1　　3. ab2 axc1　　4. gh4! exe5
　　　5. ef4 exg3　(5. … cxg5　6. hxh8+)　　6. hxf4 cxg5　　7. hxh8+

116: 1. dc5! bxd4　2. cxe5 fxd4　3. bc3 dxb2　　4. dc3 bxd4
　　　5. cb2 axc1　6. gf4 cxg5　7. hxg1+

117: 1. cb4! cxa3　2. cb2 axc1　3. ed4 cxg5　　4. gf2! hxf4
　　　5. dc5 bxd4　6. fe3 dxf2　7. exg7 fxh6　　8. hxa5+

118: 1. cb2! axc1　2. ed2! cxa3　3. ab2 cxe3　　4. fxd4 axc1
　　　5. de5 fxd4　6. gh6 cxg5　7. hxe3+

119: 1. hg3! bxd6　2. dc5 dxb4　3. fe5 fxd4　　4. dc3 bxd2
　　　5. cxc5 axc1　6. gf4 cxg5　7. hxa5+

120: 1. ab4! cxa3　2. ed4! gh6　3. dc5 dxd2　　4. cxe3 axc1
　　　5. ed4 cxg5　6. ed5 fxd4　7. hxg1+

121: 1. de5! fxd4　2. ab6! axc5　(2. … cxa5　3. de3 fxd2　4. exc7+)
　　　3. ab4 cxa3　4. de3 fxd2　5. cxc5 dxb4　(5. … axc1　6. fg3)
　　　6. fg3 axc1　7. gf4 cxg5　8. hxh8+

122: 1. fg3! bxd6　(1. … hxf4　2. gf2)　　2. gf2 hxf4
　　　3. de5 fxd4　4. de3 fxd2　5. cxc5 dxb4　(5. … axc1　6. fg3)
　　　6. fg3 axc1　7. gf4 cxg5　8. hxd2+

123: 1. fe5! fg7　2. cb2! axc1　3. cb4 axc3　　4. dxb2 cxa3　(4. … fxd4
　　　5. hg3)　5. hg3 fxd4　6. ab2 axc1　7. gf4 cxg5　　8. hxg1+

124: 1. ab4! cxa3　(1. … cxg5　2. bc5 bxd4　3. cxg7 fxh6　4. hxa5+)
　　　2. dc5 bxd4　3. cxg7 fxh6　4. cd2 axg5　5. hxa5 hg5
　　　6. ad2 gh4　7. de1 ab6　8. ef2 ba5　9. fe1+

125: 1. gf2! exg1　2. gf4 exg3　3. cxc7 axc3　　4. hxf4 dxb6
　　　5. bxd4 gxc5　6. ab4 cxa3　7. ab2 cxg5　　8. hxa5+

126: 1. fg3 cxa3　2. cb2 axc1　3. ed4 exg5　　4. ab2 hxf4
　　　5. de5 fxd4　6. cxc7 dxb6　7. hxa5+

127: 1. cd4! ha3　(1. … bc3　2. ba3 cxe5　3. fxf8+)　　2. gh4! axc1
　　　3. de5 fxd4　4. exc5 gxg1　5. hg3 gxb6　6. axc7 dxb6
　　　7. gf4 cxg5　8. hxa5+

128: 1. ab2! fxh6　2. ab4 cxa3　3. gh2 exg1　　4. cxc5 gxb6
　　　5. axc7 dxb6　6. hg3 axc1　7. gf4 cxg5　　8. hxa5+

129: 1. cd4 ba3　2. dc5! cd6　3. ab6! dxb4　　4. bc7 dxb6
　　　5. cb2 axc1　6. ed4 cxg5　7. de5 fxd4　　8. hxh8+

130: 1. dc3! bxd2　2. cxe3 dxb4　3. ed4! exc3　　4. ed2 cxe1
　　　5. ab2 axc1　6. gf2 exg3　7. hxf4 cxg5　　8. hxh8+

131: 1. cb4! cxa3　2. axc5 dxb4　3. ed4 exc3　　4. ed2 cxe1
　　　5. cb2 axc1　6. gh4 exg3　7. hxf4 cxg5　　8. hxd2+

132： 1. ed4! gxc5　　2. cb4! axc3　　3. ed2 cxe1　　4. cb2 axc1
　　　 5. gh4 exg3　　6. hxf4 cxg5　　7. hxf2+

133： 1. ab4! cxa3　　2. de3 fxd2　　3. cxc5 dxb4　　4. gf4! exe1
　　　 5. ab2 axc1　　6. gf2 exg3　　7. hxf4 cxg5　　8. hxh8+

134： 1. cd4! exc3　　2. ed2 cxe1　　3. ed4 cxe3　　4. ab4 axc3
　　　 5. cd2 exc1　　6. gf2 exg3　　7. hxf4 cxg5　　8. hxd2+

135： 1. ef6! gxc3　　2. gh4 gxe3　　3. ed2 cxe1　　4. ab4 axc3
　　　 5. cd2 exc1　　6. gf2 exg3　　7. hxf4 cxg5　　8. hxd2+

136： 1. dc5! de5 (1. ··· cb6　2. ab2 bxd4　3. cxc7+; 1. ··· gf6　2. de3 bxf4
　　　 3. gxg7 dxb4　4. gh8+)　　　　2. cd4! exe1　　3. cb6 axc5
　　　 4. cb2 axc1　　5. gh4 exg3　　6. hxf4 cxg5　　7. hxh8+

137： 1. be3! cxe5　　2. cd4! exc3　　3. cb6 axc7　　4. ef2 cxe1
　　　 5. cb2 axc1　　6. gh4 exg3　　7. hxf4 cxg5　　8. hxh8+

138： 1. ab4! cxa3　　2. cd4 exe1　　3. gxg7 fxh6　　4. ab2 axc1
　　　 5. gf2 exg3　　6. hxf4 cxg5　　7. hxa5+

139： 1. ab4! cxa3　　2. cd4 exe1　　3. gxe5 fxd4　　4. cb2 axc1
　　　 5. gf2 exg3　　6. hxf4 cxg5　　7. hxe3+

140： 1. ed4! exe1　　2. fg5 hxf4　　3. gxg7 fxh6　　4. cb2 axc1
　　　 5. gf2 exg3　　6. hxf4 cxg5　　7. hxe1+

141： 1. ef4! (1. bc7? dxb6　2. axc7 dc5　3. cd8 bc7　4. dxd4 exc3=) exe1
　　　 2. bc7 dxb6　3. axg7 fxh6　4. cb2 axc1　　5. gf2 exg3
　　　 6. hxf4 cxg5　　7. hxd8+

142： 1. cd4! exc3　　2. fe5 fxd4　　3. ef2 cxe1　　4. axc7 dxb6
　　　 5. cb2 axc1　　6. gh4 exg3　　7. hxf4 cxg5　　8. hxa5+

143： 1. ef4! exc3　　2. fe5 fxd4　　3. ed2 cxe1　　4. cb2 axc1
　　　 5. gh4 exg3　　6. hxf4 cxg5　　7. hxg1+

144： 1. fe5! dc3　　2. exg7 fxh6　　3. ed2 cxe1　　4. cb2 axc1
　　　 5. gh4 exg3　　6. hxf4 cxg5　　7. hxb6+

145： 1. dc5! bxd4　　2. exc5 gf6 (2. ··· cb6　3. gh4 bxd4　4. dc3 bxd2　5. exc7+)
　　　 3. dc3! bxd2　4. cxe3 axc1　　5. gh4 dxb4　　6. ed4 cxg5
　　　 7. de5 fxd4　　8. hxh8+

146： 1. gh4! dxd2　　2. dc5! bxd4　　3. gh2 exg1　　4. cxc5 gxb6 (4. ··· axc1
　　　 5. hg3)　　5. hg3 axc1　　6. gf4 cxg5　　7. hxa5+

147： 1. gf2! cxa3　　2. cd2! axc1　　3. cd4 exe1　　4. ed4 cxg5
　　　 5. dc5 dxb4　　6. gh4 exg3　　7. hxh4+

148： 1. ef6! gxe7 (1. gxe5　2. cd4! exc3　3. ed2 cxe1　4. gh4 exe5 hxd8+)
　　　 2. ad4 cxa3　　3. cb2 axc1　　4. cb4 axc3　　5. ed2 cxe1
　　　 6. ed4 cxg5　　7. dc5 dxb4　　8. gh4 exg3　　9. hxh4+

149: 1. ab4! cxa3　　2. cb2 axc1　　　3. cd4 exc3　　　4. dxb4 axc3
　　　5. ed2 cxe1　　6. ed4 cxg5　　　7. dc5 dxb4　　　8. gh4 exg3　　9. hxh4+

150: 1. de3! cxa3　　2. cd2 axc1　　　3. cd4 exc3　　　4. dxb4 axc3
　　　5. ed2 cxe1　　6. ed4 cxg5　　　7. dc5 dxb4　　　8. gh4 exg3　　9. hxh4+

151: 1. gf2! gxe5　　2. ed4 exa5　　　3. ab4 axc3　　　4. hg3 dxb4
　　　5. ed2 cxe1　　6. gh4 exg3　　　7. hxh4+

152: 1. cd4! exc3　　2. ed4 cxe5　　　3. de3 axc3　　　4. hg3 dxb4
　　　5. ed2 cxe1　　6. gh4 exg3　　　7. hxh4+

153: 1. cb6! cd6　　2. cd4! exc3　　　3. fg3 axc7　　　4. bc5 dxb4
　　　5. ef2 cxe1　　6. gh4 exg3　　　7. hxh4+

154: 1. dc5! bxd4　　2. cxc7 axe1　(2. … dxb6　3. fe5)
　　　3. fe5! dxb6　　4. bc3 exa5　(exb4)　　　5. cd2 axe1
　　　6. ef6 gxe5　　7. ed4 exc3　　　8. gh4 exg3　　　9. hxh4+

155: 1. gf2! dc5　　2. cb4 exe1　　　3. bxb8 fxd2　　　4. axc7 dxb6
　　　5. be5! fxd4　　6. gh4 exg3　　　7. hxh4+

156: 1. ef6! gxe5　(1. … dxb2　2. fxb6 axc7　3. axc1+)
　　　2. ab4! dxb2　　3. dc3 bxd4　　　4. hg3 axc3　　　5. ed2 cxe1
　　　6. hg4 exg3　　7. hxh4+

157: 1. de5! fxd4　　2. exc5 bxd4　　　3. ab4 axa1　　　4. cb2 axc3
　　　5. ed2 cxe1　　6. gh4 exg3　　　7. hxh4+

158: 1. fe5! fxb2　　2. dc3 bxd4　　　3. exc5 axc3　　　4. hg3 bxd4
　　　5. ed2 cxe1　　6. gh4 exg3　　　7. hxh4+

159: 1. ab4! cxa3　　2. ab2 axc1　　　3. cb4 axc3　　　4. ed2 cxe1
　　　5. ed4 cxg5　　6. de5 fxd4　　　7. gh4 exg3　　　8. hxh4+

160: 1. ef6! gxe7　　2. ab4 cxa3　　　3. cd2 axe1　　　4. cb4 axe1
　　　5. ed4 cxg5　　6. dc5 bxd4　　　7. gh4 exg3　　　8. hxh4+

161: 1. ed2! ba3　　2. de5! axc1　　　3. ef6 gxe7　　　4. cb4 axe1
　　　5. ed4 cxg5　　6. dc5 bxd4　　　7. gh4 exg3　　　8. hxh4+

162: 1. de5! axc3　(1. … fxb6　2. bc5 bxd4　3. ab4 axc3　4. ed2 cxe1
　　　5. gh4 exg3　6. hxh4+)　　　2. exg7 fxh6　　　3. ed2 cxe1
　　　4. ab4! exa5　　5. cb6 axc5　　　6. cd2 axe1　　　7. gh4 exg3　　8. hxh4+

163: 1. cb2! axc1　　2. fe3 cxa3　　　3. axe7 fxd6　　　4. cd4 exc3
　　　5. ed4 cxe5　　6. gh6 cxg5　　　7. hxb4! axc5　　　8. hxd8+

164: 1. ed2! ab6　　2. gf4 exg3　　　3. cxe5 dxf4　　　4. bxd6 cxe5
　　　5. axc7 bxd6　　6. de3 fxd2　　　7. hxf4 exg3　　　8. bc3 dxb4
　　　9. axe7 fxd6　　10. hxc5+

165： 1. cd4! cxc1 （1. ⋯ cxg5 2. hxb6 axc7 3. fg3! hxf4 4. de3 fxd2

5. bc3 dxb4 6. axe7 fxd6 7. hxc5+）   2.fg3! cxg5

3. hxb6 axc7 （3. ⋯ hxf4 4. gf2）   4. gf2 hxf4

5. fe3 fxd2   6. bc3 dxb4   7. axe7 fxd6   8. hxc5+

166： 1. ba3! bc5 （1. ⋯ ba5 2. bc5 dxb4 3. axc5） 2. fe3! fg3

3. ef4! gh2   4. de3! exg3   5. ef2 gxe1   6. ed4 cxe3

7. ba5 exb4   8. axe7 fxd6   9. hxg1+

167： 1. fe3 dxf2   2. gxe3 hxd4   3. dc3 exg3   4. cxc7 bxd6

5. ef2 gxe1   6. bc3 exb4   7. axe7 fxd6   8. hxa3+

168： 1. fe3! hxd4   2. ef2 exb4   3. axe7 fxd6   4. hxg1 bc5

5. gxd8 bc7   6. dxb6 axc5   7. ab6! cxa7   8. bc3+

169： 1. ba3! dxb2   2. fxd4 exc3   3. hg5 fxh4   4. cd2 cxe1

5. axc3 exb4   6. axe7 fxd6   7. hxc5+

170： 1. dc3! exg3   2. cxe5 dxd2   3. bxd6 cxe5   4. exc3! gxb4

5. axc7 bxd6   6. axe7 fxd6   7. hxc5+

171： 1. ed4! exg3   2. de5 dxf4   3. bc5 bxd4   4. cxe5 fxd6

5. gf2 gxe1   6. bxc3 exb4   7. axe7 fxb6   8. bxa3+

172： 1. de5! fg3   2. ab2 dxf4   3. gf2 gxe1   4. de3 fxd2

5. bc5 bxd6   6. bc3 exb4   7. axe7 fxd6   8. hxa3+

173： 1. cb4! gxc5   2. bxd6 cxe5 （2. ⋯ hxf4 3. gf2） 3. axc7 bxd6

4. gf2 hxf4   5. fe3 fxd2   6. bc3 dxb4   7. axe7 fxd6

8. hxc5 ef4   9. ef2+

174： 1. dc3! bxd2   2. gf6 exe3   3. bc3 dxb4   4. gf4 exg3

5. hxb6 axc7   6. axe7 fxd6   7. hxa3+

175： 1. dc3 bxd2   2. cb6! ac5 （2. ⋯ axc7 3. gf6 exe3 4. bc3 dxb4

5. axe7 fxd6 6. hxf2+）   3. gf6 exe3   4. bc3 dxb4

5. gf4 exg3 （exg5）   6. hxb6 axc7   7. axe7 fxd6   8. hxa3+

176： 1. cd6! exe3   2. cd2 exc1   3. ed2 cxd6   4. gf2 gxe1

5. bc3 exb4   6. axe7 fxd6   7. hxa3+

177： 1. ef2! gxe1 （1. ⋯ gxe5 2. ed4 cxe3 3. axe7 fxd6 4. hxh6+）

2. gf2 exe5   3. ed4 cxe3   4. axe7 fxd6   5. hxf4 exg3   6. hxf4+

178： 1. ef4! cxe1   2. fe3 exh4   3. gf2 hxe1   4. fg5 fxh4

5. ed4 cxe3   6. axe7 fxd6   7. hxf2! exg3   8. hxf4+

179： 1. fg3! cxe1 （1. ⋯ hxf2 2. gxe3 cxe1 3. fg5） 2. fg5! hxf2

3. gxe3 fxh4   4. ed4 cxe3   5. axe7 fxd6   6. hxf2 exg3   7. hxf4+

180： 1. ef4! gxe5   2. cb2! ef4   3. bc5 dxd2   4. dc5 bxd4

5. bc3 dxb2 （dxb4）   6. axe7 fxd6   7. hxa3+

181：1. cd4! exc3　　2. gf2! gxe5　　3. fg3 hxf4　　4. ab2! cxa1
　　　5. dc3 axd4　　6. bc5 dxb4　　7. axe7 fxd6　　8. hxa7+

182：1. cb2! axc1　　2. gf6 exg5　　3. fxh6 cxd6　　4. cd4 cxe3
　　　5. axe7 fxd6　　6. hxg1+

183：1. de3! dxf2　　2. ab6! cxc3　　3. cb2 axc1　　4. gh6 cxg5
　　　5. hxb6 fxh4　　6. bc7 dxb6　　7. axe7 fxd6　　8. hxd2+

184：1. gf4! exe1　　2. de3 exb4　　3. hg5 fxh4　　4. hg3 hxf2
　　　5. dc5 fxb6　　6. axe7 fxd6　　7. hxa3+

185：1. fg3! hxf2　　2. ed6 exc5　　3. dxb6 fxd4　　4. fg5 fxh4
　　　5. hg3 hxf2　　6. gxc5 bxd6　　7. bc7 dxb6　　8. axe7 fxd6　　9. hxc5+

186：1. hg3! gh4　　2. ed4 hxf2　　3. dc5 bxf6　　4. fe5 fxd4
　　　5. bc3 dxb2 (bxd2)　　6. cxe7 fxd6　　7. hxg1+

187：1. fg5! fxh4　　2. ed2! dxf4　　3. de5 fxd6　　4. fg3 hxf2
　　　5. de3 fxd4　　6. bc3 dxb2 (bxd2)　　7. cxe7 fxd6　　8. hxa3+

188：1. gf2! fxd4　　2. bc5! dxb4　　3. fe5 dxf6　　4. fg3 hxf4
　　　5. dc3 bxd2　　6. cxe7 fxd6　　7. hxa7+

189：1. dc5! bxf2　　2. hg5 fxh4 (2. … fxh4　3. gxa3)　　3. de3 fxd4
　　　4. ed2 hxf2　　5. dc3 dxb2 (bxd2)　　6. cxe7 fxd6　　7. hxg1+

190：1. ab6! cxa5　　2. dc5! dxb4　　3. fg5 fe5　　4. gf2! hxf6
　　　5. fg3 hxf4　　6. bc3 bxd2　　7. cxe7 fxd6　　8. hxa3+

191：1. dc3! bxd2　　2. dc5 dxb4　　3. fg5 dxf4　　4. gxe7 dxf6
　　　5. bc3 bxd2　　6. cxe7 fxd6　　7. hxa3+

192：1. dc3! bxd2　　2. bc3 dxb4　　3. cb2 axc1　　4. ed4 cxg5
　　　5. hxb6 axc7 (5. … hxf4　6. dc5)　　6. dc5 hxf4
　　　7. cxe7 fxd6　　8. hxa3+

193：1. bc3! dxb2　　2. fe3! axe1　　3. exe7 fxd6　　4. hxc1 ea5
　　　5. cd2 axc1　　6. gf2 exg3　　7. hxf2+

194：1. gf2! cxa3　　2. fe5! dxf4　　3. exe7 dxf6 (3. … fd6　4. hg5 hf4
　　　5. cd4+)　　4. fe3 hxf4　　5. exe7 fxd6　　6. hxb4! axc5　　7. dc3+

195：1. ed4! exe1　　2. de3 exb4　　3. hg3 hxf2　　4. dc5 bxd4
　　　5. exe7 fxd6　　6. hxa3 fe1　　7. bc3 exb4　　8. axf8+

196：1. cb6! cxa5　　2. dc5 gxe5　　3. ed2! ed4　　4. gf2 dxb6
　　　5. fg3 hxf4　　6. exe7 fxd6　　7. hxa3+

197：1. fg5! fxh4　　2. ef2 bxf4　　3. fe3! fxd2　　4. bc3 dxb4
　　　5. dc5 bxd4　　6. hg3 hxf2　　7. gxe7 fxd6　　8. hxa3+

198：1. ab4! cxc1　　2. cb4! axc3　　3. fg5 cxf4　　4. gxe7 dxf6
　　　5. fg3 hxf2　　6. gxc7 fxd6　　7. hxd2+

199：1. dc5! b×b2   2. dc3 b×d4   3. ef2 a×c3   4. hg5 f×h4
　　5. fg3 h×f2   6. g×e7 f×d6   7. h×e1+

200：1. ef4! cd6   2. gh4! e×b4   3. dc5 b×d4   4. hg5 f×h4
　　5. hg3 h×f2   6. g×e7 f×d6   7. h×a3+

201：1. ba3! a×c3   2. gf4! e×e1   3. ab4 c×a5   4. cd2 e×c3
　　5. hg3 h×f2   6. g×e7 f×d6   7. h×d2+

202：1. ba3! d×b2   2. dc3 b×d4   3. gf4 e×e1   4. cd2 e×c3
　　5. hg3 h×f2   6. g×e7 f×d6   7. h×e1+

203：1. bc5! d×b4   2. de3 f×d2   3. fe3 d×f4   4. ef2 b×d2
　　5. dc5 b×d4   6. fe3 d×f2   7. g×e7 f×d6   8. h×e1+

204：1. ab4! a×c3   2. cb2 c×a1   3. fe3 f×d2   4. e×c3 a×d4
　　5. hg5 f×h4   6. hg3 h×f2   7. g×e7 f×d6   8. h×c5+

205：1. cd4! e×c3   2. cb2! c×a1   3. ed2 g×e5   4. dc3 a×d4
　　5. hg3 h×f2   6. g×e7 f×d6   7. h×a7+

206：1. bc5! b×d4   2. fg5! f×f2   3. d×f4 e×g3   4. g×e7 f×d6
　　5. h×b4! gf2   6. hg3 f×h4   7. be1 cd6   8. cd2 de5   9. de3+

207：1. gh4! a×c3   2. ed4! c×e5 (2. ··· c×e3   3. f×b2)
　　3. fg3! ed4   4. ab4 c×a3   5. hg5 f×f2   6. g×e7 f×d6   7. h×c5+

208：1. fe3 gf2   2. hg5! f×b2   3. dc3 b×d4   4. gf2 a×c3
　　5. fg3 h×f4   6. g×e7 f×d6   7. h×e1+

209：1. ab4! ef6 (1. ··· cb6   2. c×c7 b×d8   3. fe5)   2. gf2! f×b2
　　3. dc3 b×d4   4. fg5 a×c3   5. fg3 h×f4   6. g×e7 f×d6   7. h×e1+

210：1. dc5! b×d4   2. c×e5 a×a1 (2. ··· f×d4   3. fg3)
　　3. fg3 f×d4   4. cb2 a×c3   5. fg5 h×f4   6. g×e7 f×d2   7. h×e1+

211：1. ef6! d×b2 (1. ··· g×e5   2. hg5)   2. hg5! g×e5
　　3. gf6 e×g7   4. dc3 b×d4   5. fg5 h×f4   6. g×e7 f×d6   7. h×a7+

212：1. de7! df6   2. dc3 gh4   3. cb2! ac1   4. cb4 ac3
　　5. fg5 cf4   6. g×e7 f×d6   7. h×h6+

213：1. bc5! d×d2   2. f×d6 d×f4   3. ab4 a×c3   4. de7 f×d6
　　5. h6×f8×b4×d2×g5×e7 d×f6   6. h×f4+

214：1. fe3! d×f2   2. de3 f×d4   3. ba3 g×e3   4. a×c5 d×b6
　　5. de7 f×d6   6. h×f2 ba5   7. fe1+

215：1. fe5! d×f4   2. dc3 f×d2   3. h2×f4 g×c5   4. b×d6 d×b4
　　5. a×c5 b×d4   6. de7 f×d6   7. h×g1+

216：1. fg5! a×e1   2. cd6 e×c5   3. d×d8 f×f2   4. da5! h×f6
　　5. cd2 e×c3   6. a×e7 f×d6   7. h×a3+

217：1. gf4! e×g3   2. ed2 g×e1   3. ab4 c×c1   4. ef4 c×g5
　　5. h×d8 e×b4   6. de7 f×d6   7. h×a3+

218：1. ed2! cxe1   2. ed4 cxg5   3. hxd8 exh4   4. hg3! hxe1 （4. … hxf2
　　5. de7 fxd6   6. hxg1+）   5. cd2 exc3 （5. … exb4   6.de7)
　　6. de7 fxd6   7. hxe1+

219：1. ab4! cxa3   2. cb2 axc1   3. hg5 fxf2   4. dxd8 fxb2
　　5. dg5! cxe3   6. gxe7 fxd6   7. hxa7+

220：1. cd4! cb4   2. bc3 bxd2   3. fe5 dxf4 （3. … d6xf4   4. exe7 fxd6
　　5. hxe1)   4. exc7 fg3   5. de5! fxd4   6. cd8 gh2
　　7. de7+ fxd6   8. hxg1+

221：1. hg5! fe3   2. ab6! exg1   3. bc7 dxb6   4. axe3 gxa1
　　5. cb2 axc3 （axd4)   6. gf6 exg7   7. hxe1+

222：1. dc3! ba1 （1. … bc1   2. cb4 cxg5   3. hxa5+） 2. ed6! exg5
　　3. hxf6 axg7   4. hxf8 ba5   5. fh6! ab4   6. hd2 ba3   7. dc3+

图书在版编目（CIP）数据

国际跳棋战术组合. 64 格俄罗斯规则 / 杨永，常忠
宪，张坦编著. —北京：人民体育出版社，2011.8
ISBN 978-7-5009-4000-5

Ⅰ.①国… Ⅱ.①杨…②常…③张… Ⅲ.棋类运动–
基本知识 Ⅳ.G891.9

中国版本图书馆 CIP 数据核字（2010）第 241882 号

*

人民体育出版社出版发行
三河兴达印务有限公司印刷
新 华 书 店 经 销
*
787×1092 16 开本 11.5 印张 248 千字
2011 年 8 月第 1 版 2011 年 8 月第 1 次印刷
印数：1—6,000 册
*
ISBN 978-7-5009-4000-5
定价：25.00 元

社址：北京市东城区体育馆路 8 号（天坛公园东门）
电话：67151482（发行部） 邮编：100061
传真：67151483 邮购：67118491
网址：www.sportspublish.com
（购买本社图书，如遇有缺损页可与发行部联系）